JN198488

結論それなの、愛

Kei Ichiki

一木けい

新潮社

目次

菜食週間　5
なーなーの国　69
パ！　147

結論それなの、愛

菜食週間

スーパーマーケットに蛍の光が流れた。

「何か起きたの？」

棚にタロイモチップスを並べていた店員にタイ語で尋ねると、彼は小首を傾(かし)げた。

「なぜですか」

「この曲が流れてるってことは、もうお店を閉めるんでしょう。大きなデモ？　まさか近くでテロがあったとか」

「僕は何も聴いていませんけど。ちょっと待っててください」

そばにいたスタッフ数名に声をかけ、彼はバックヤードへ入っていった。

「一月だから、だそうです」戻ってきた彼は、笑顔でそう言った。「ヨーロッパの方に、この曲を年始に流す国があるみたいで」

「知らなかった。日本ではお店を閉めるときや卒業式で流れる曲なのよ。終わりのさみしい感じがするでしょう」

そうかなあ、と彼は色素の薄い目を遠くへ向けた。

「僕は、いまからはじまる広がりを感じます」

あの一月の午後、わたしは、そしてきっと彼も、コロナの存在を知らなかった。

あれから九か月が過ぎ、いま店内にいるすべての人がマスクを装着している。欧米系もアジア系も、どんなにインフルエンザが流行しようとマスクなどしなかったこの国の人たちも。

世界各国の高級食材や日用雑貨が並ぶ店内を、ゆっくり歩く。缶詰、チーズ、チョコレート、トリュフオイル、シャンプー、歯磨き粉、ワイン。すれちがうときは触れてしまわないよう、互いに距離をとって、目だけでほほ笑みを交わす。これは敵意ではなく、ソーシャルディスタンス。たいへんな世の中よね。

自宅から少し離れているが、品揃えがよく、スタッフも皆気さくで感じがいいので、月に二度は訪れる店だった。今夜も果物コーナーの女性はアボカドやグアバを量って値付けしながら「明日はセントラルデパートのそばでデモ集会があるから近づかない方がいいわよ」と教えてくれたし、レジの袋詰め担当のフィリピン人男性は流麗な英語で「そこの床は拭いたばかりだから気をつけて」と声をかけてくれた。

会計時、わたしの前に並んだスーツの男性は、頭髪と眉をうつくしく剃り上げていた。コロナでも出家するのか。出家前のイベントはずいぶん縮小されたことだろうと思いながら、日焼け止めクリームや細長くカットされた青マンゴー、ドリップコーヒーをかごから出してカウンターに置いた。

マダム、と声をかけられたのは、店を出た直後だった。

「こんな時間にくるの、めずらしいですね」

蛍の光について話した店員だった。

確かに、こんな遅くに来店したことはない。わたしが買い物するのは午前中か、午後三時前後が多かった。アルコールを購入できる時間帯は混むから。

「近くのホテルに泊まってるの」

スコールが何度もベランダから流れ込みリビングの床がかびてしまったけれど、二週間以上放置されていること。その上エアコンが故障したことなどを説明すると彼は、

「家族みんなで移動？　それは大変ですね」と言った。

泊まっているのは自分一人だったが、そんなことを話せば誘っていると勘違いされる可能性もあると思い、やめた。

わたしの夫は耕運機の開発に関わる仕事をしている。五年前、駐在地として会社から提示されたのはタイのバンコクだったが、担当地区は東南アジア全域で、赴任直後から出張ばかりだった。インドネシア、カンボジア、ベトナム。ときにはインドへも飛んだ。出張から戻ると夫はたくさんのお土産をくれた。鞄から取り出される異国のお菓子、鮮やかなショール、ハンドクリーム。いっしょに可愛らしい白い小花がこぼれ出たこともあった。荷物に潰され萎（しお）れたその花は、熟れ切ったバナナの匂いがした。

コロナで国境が封鎖されたとき、夫はマレーシアにいた。そのまま七か月、夫婦別々の場

所で生活している。

エアコンからとつぜん氷が降ってきたのは、昨日の十九時頃だった。アパートに住み込みの修理工を呼んで対応してもらったが、直らなかった。外部から専門業者を呼べるのは最速で三日後と言われ、少なくとも半月はこの状態が続くことを覚悟した。

ただでさえ眠れない日々が続いていた。その上猛烈な暑さとかびに耐えて生活できる気がしなかった。夫に相談しようと電話をかけたが繋がらない。電波状況の悪い地域にいるときは数日連絡が取れないことなどざらだったので早々に諦め、バリバリ降ってくる氷の動画を撮影してＬＩＮＥで送り、ソファで無理やり目を閉じた。睡魔は訪れず、瞼の内側を乾いた布で擦られているようだった。リビングに扇風機が首を振る音が響いていた。電話がかかってきたのは明け方。夫は状況を確認すると、ホテルを予約するからとりあえずそこへ移るようにと言って切った。

夫がとってくれた部屋は広く、洗濯機やミニキッチン、オーブンまでついていた。シャワーはたっぷりとお湯が出て、窓から見える夜のビル群もきれいだった。

「これからそのホテルに戻るんですか」

鍵を原付バイクに差し込みながら彼が訊いた。

「僕、送っていってあげますよ。ついでだから」

「大丈夫。すぐそこなの」

「こんな時間にひとりで歩いたら危ないです。乗って」

「でも」

この子と二人乗りしているところを夫の知り合いに見られたら、夫が恥をかく。

「コロナ以降、治安が悪くなってるんですよ。こないだも隣のソイ(小道)でひったくり事件があったの知ってますか？　もしマダムに何かあったら厭だし、家族も悲しみます。それにこんな大雨のあと歩いたら、水たまりを車が通るたび泥水を被ることになりますよ。とりあえず乗って」

そもそもわたしは、原付バイクの後ろに乗った経験がない。日本ではもちろん、タイで生活をはじめる際も夫の会社から、バイクタクシーは事故が多いので社員も家族も乗らないように、とお達しがあった。五年間一度も乗らずにきたのに、ここでこの子のバイクに乗って、濡れた地面で転倒でもしたら。そんなことで死にたくない。

「送らせてください。ほんとうに心配だから」

彼の視線がスーパーの入口に飛んだ。数名のスタッフがにやにやしながらこちらを見ている。乗せてもらった方がいいですよー、と果物売り場の女性が手を振りながら言った。

「どこか行くところだったんじゃないの？」

後ろに座って尋ねると、彼は配達ですと答えた。

「だめじゃない」

笑って降りようとしたわたしの手を彼が摑む。

「その家すごく近くなんです」

彼が口にした場所は、確かに近かった。

「じゃあ、お客さんの家に先に行ってね」

店員が女連れで配達にくるのと、想定していた時刻より遅く商品が届くこと、客にとってどちらが問題か。この国では前者などありふれている。

「しっかり摑まっていてくださいね」

彼は自分の腹の上で重ねたわたしの両手をぽんぽんと軽くたたき、半分振り返ってほほ笑んだ。

湿った夜風が吹き、頭の芯がぐらりと揺れた。バンコク特有の、なんでもゆるされてしまいそうな、ゆがんだ熱気。

彼はテオと名乗った。母親はタイ人で、父親はオーストラリア人。わたしの名前がマリだと話すと、彼は年上の人につける呼称ピーと合わせて、わたしをピーマリと呼ぶようになった。

「このあいだ配達中にピーマリを見ましたよ」バイクを走らせながらテオが言った。「目をつぶって歩いてたから、びっくりしました」

「それ、わたしじゃないと思う」

「いえ、ピーマリです。エカマイ通りで」

ああ、と納得した。

「少し前にあそこの歩道で、水道管の工事中にミャンマー人が生き埋めになったの知ってる?」

「知ってます。行方不明者もいましたね」

「うん。その上を通るときは冥福を祈るようにしてるの。生きたまま埋められてしまうなんて、どんなに怖かっただろうと思って」

バンドの生演奏が近づいてきて、遠ざかった。風になびくように、過ぎた道を振り返る。ビアホールのテラス席で、赤ら顔の客たちが巨大なジョッキを傾けている。いつまた店内飲酒禁止になるかわからない、刹那的な享楽。テオの腰回りは華奢で、肩甲骨から汗と肌とタイの柔軟剤の混ざった匂いがした。

届け先の家には立派な門がそびえていた。テオがバイクを停めると、入口脇の小屋から制服を着たガードマンが出てきた。わたしはとなりの屋敷との境に立つ電柱にもたれ、周囲を見渡した。門から玄関まで何十メートルあるだろうというような豪邸が建ち並んでいる。トランシーバーを使ったやりとりのあと門のひらく音がして、出てきたお手伝いさんらしき女性がテオから商品を受け取った。

「ピーマリ、具合が悪いんですか」

「どうしてそう思うの」

「顔色がよくないです」

「エアコンや床のことで疲れたし、ずっと睡眠がうまくとれてなくて」

「なぜ?」

「悲しいことがあったの。でもそれはもう、考えても仕方のないことだから」

ふうんとつぶやいてテオはバイクに跨り、来た道を戻った。


信号待ちの交差点で、ざくろは好きかと尋ねられた。ホテルはもうすぐそこだ。好きと答えると、彼はファミリーマートにバイクを停め、店の脇にあった屋台でボトル入りのざくろジュースを買ってくれた。振って蓋を外しストローを挿して、どうぞと差し出してくる。


「いただきます」

日本語で言って両手を合わせ、口をつけた。甘酸っぱくて胃に沁みる。

「おいしい」

顔を上げたら、テオが目を細めてわたしを見ていた。

「日本はいま暑いんですか？」

いま何月だっけ。十月。十月の東京は、確かもう暑くはなかった。そこまで考えてから、涼しくて快適な時期よと答える。

「ピーマリ、ごはんは食べましたか」

「食べてない」

「お腹すいてますか」

お腹がすくもすかないもない。どれくらい食べたか食べていないのかもわからない。

「いいところに連れて行ってあげます」

彼がわたしの手を取り角を曲がった。薄暗く、ひと気のない路地に警戒心が湧き起こる。

「もう帰らなきゃ」

「心配しないで。ほらあそこ、麺屋台があるでしょう。人気店なんですよ」

路地の奥にほのかな灯りが見えた。腕時計で時刻を確認し、じゃあ十分だけと念押しして歩き、色の剝げたプラスティック椅子に腰かけた。

「コロナになってピーマリがいちばん困ったことはなんですか」

「グアバを毎日買ってたフルーツ屋台の人が田舎に帰っちゃったことかな」

答えた瞬間ぞっとした。長いあいだ、自分が誰にもほんとうの気持を話していないことに気づいた。

母が倒れたと姉から連絡があったのは二〇一九年の師走。手術はするがそう大掛かりなものではないという話だった。その年の暮れは一時帰国しないことになっていた。四月の旧正月、夫が長期休暇をとれるときに帰国するつもりだったのだ。念のため年末のチケットを検索したが空席はほとんどなく、あっても高額だった。夫に相談すれば駄目とは言わないだろう。けれど自分からは言い出しづらかった。悶々としているうちに年が明け、二月に入った。母は快方に向かわず、幼児と乳児合わせて三人の子を持つ姉の負担は限界にきているようだった。やはり夫に話して一時帰国し、母の病院関係は自分が担い、姉の子育ても手伝おう、そう決めてチケットを購入し、帰国の準備を整えているそのさなかに、コロナで国境が閉ざされた。母の訃報を知ったのは自宅のリビング。どうにか飛ぶ方法はないか、パソコンで情報をかき集めている最中だった。全身の力が抜け、ずるずるとフローリングに崩れ落ちた。母の葬儀にわたしはＬＩＮＥのビデオ通話で参列した。姉の泣き声も、棺のなかで目を閉じる母も、遠かった。

夫はマレーシアで働きながら、斎場に花を送る手はずを整えてくれた。慰めの言葉をかけてくれた。夫も母の死を悲しんでいたと思う。けれどわたしと同じようにではない。弔(とむら)いを誰かと共有するのは難しい。思い出が違う。愛し愛された記憶が違う。わかっている。逆の立場だとしても、わたしが夫と同じように夫の大切な人の死を悼(いた)むことはできない。それに、国を越えられない現状に耐えているのはわたしだけじゃない。コロナ以降、同じ国にいても葬儀に参列できない人は大勢いたし、コロナ以前も、長期間海外で暮らすとなったら親の死に目に会えない覚悟を決める人は多かった。世界中にありふれている事態。

それでもわたしは苦しかった。直接この手で、母を送りたかった。そうできたとしても喪失感に変わりはなかっただろう。でも少なくとも、姉といっしょに涙を流すことができた。母の思い出を語り、互いに立っているのもやっとの身体を支え合って、頭ががんがんするまで泣き、けれど走り回る姉の子どもたちを見て温かな気持になって、それでも生きていくんだと自分を奮い立たせ、スワンナプーム行きの飛行機に乗り込んだだろう。なにひとつ、叶わなかった。

それから月命日には、母の好きな豆ごはんを作り、ひとりで偲(しの)ぶようになった。

母の誕生日には、わたしがバンコクでいちばん好きなタイ料理店を訪れた。いつか本場のトムヤムクンを食べてみたいと母が話していたのを思い出したのだ。正面に母が座っているつもりで味わおうとしたけれど、胸が塞(ふさ)いで、エビも茸もなかなか喉を下りていかなかった。いつもならよけられるレモングラスをかじってしまい、固い端が頬の内側に突き刺さった。そのときできた口内炎は治るのにずいぶん時間がかかった。

気づいたら、分厚い毛布みたいな憂鬱に頭全体が包まれていた。この先いいことなどないと朝も夕も思う。悲しみが消えるときまで眠っていられたらいいのに、その眠りすら訪れない。

「ねえピーマリ」

黙り込むわたしに、テオが言った。

「チムチュムを食べたことはありますか」

「ない」

パクチーの根やレモングラスで出汁をとったスープに肉や野菜を入れた鍋料理ということは知っているが、食べる機会がなかった。

「じゃあ今度食べに行きましょう。ね？」

鼻にかかった甘い声で言い、彼は首を傾けた。

「ここと同じくらいお気に入りの店があるんです。風が気持よくて、雰囲気も最高なところ。それに肉はしばらくお預けになっちゃうし」

「どういう意味？」

「菜食週間がはじまるでしょう。ピーマリ知ってますか？　キンジェー」

「知ってる。黄色い三角の布に、こういう文字が書いてあるイベントでしょう」

掌に齋の字を記すと、うんそんな感じの、とテオは軽く言った。適当さにふっと笑ってしまう。

麺の入った丼がふたつ運ばれてきたので髪を結び、ウエットティッシュで手を拭いた。透明なスープに、ひき肉や小ねぎが浮かんでいる。

極細の米麺は、滋味深い味だった。それまで頭にいろんな言葉が詰まっていたのに空っぽになって、無の状態からしみじみ、おいしい、と感じた。テオがにこにこしながらこちらを見ているのはわかったが、目を合わせるのは必要最小限にした。

食事を終えるとテオはプアンマーライの屋台に立ち寄り、ジャスミンとマリーゴールドの花輪を買ってくれた。タクシーやトゥクトゥクのバックミラーに掛かっているのをよく見かけるが、実際手に取るのははじめてだった。交通安全のお守りだろうか。それとも、寺院や祠でも見かけるから、幸福祈願全般か。ホテルに戻ったら調べてみようと思いながら、白と黄色の鮮やかな花輪に顔を近づけた。

「いい香りでしょう」

「よくわからない。ほんものよね？　生の」

鮮度のあるものとは思えない手触りだ。

「もちろん。僕も作れますよ。小学校で習ったから。ジャスミンは不眠に効くんですよ。ほんとうは根を煎じて飲むといいんだけど。花を枕元に置くだけでも寝つきがよくなるって言われてます。試してみて」

テオはわたしを見おろし、にっこり笑った。

「明日の夕方五時に、ここで待ってますね」

わかれ際、ホテルの前で彼はそう言った。

「どうして?」

「さっき菜食週間の話したじゃない」

呆れたように笑われ、何か大切な会話を聞き逃してしまったのかと焦る。よい眠りをとほほ笑んで、テオは去っていった。

部屋に戻ると、テーブルにジャスミンの花輪を置いた。匂いをかぐ。さっきより香りが濃くなっているような気がする。

バスタブにお湯が溜まるのを待つあいだ、スマホで菜食週間について調べた。肉や魚、牛乳だけでなく、にんにくや韮、唐辛子を大量に使った料理、甘すぎるお菓子を避ける人もいるらしい。

風呂から上がるとジャスミンの花輪をベッドサイドに移し、目を閉じた。

瞼をひらくと、部屋いっぱいに甘く濃密な香りが満ちていた。

窓辺でスコールを眺めながら青マンゴーをかじり、熱いコーヒーをのみ、シャワーを浴びた。ルームクリーニングを断って、部屋で本を読んだりタイのニュース番組を観たりした。

出かける支度を終えてから、電話機横のメモセットを手に取った。テオの名前とスーパーマーケットの支店名をカタカナで記す。万が一わたしが今日死んだら、夫にはその理由を知る必要があると思った。

テオはホテルの敷地を出たところにある壁にもたれ、スマホで誰かと喋っていた。歩いてきたわたしに気づくと電話を切って一度うつむき、髪をくしゃくしゃっと手で整えてから顔を上げた。屈託のない笑顔。細身のデニムと、ビーチサンダルから出たぷっくりとした足の指。

どうして彼はここにいるんだろう。わたしは、これからいったいどこへ向かうのだろう。

「左へ曲がります、ご注意ください」

日本語の音声を流しながら、軽トラがバックしている。

乗り込んだバスには、いつもならいる料金を徴収する係員の姿が見当たらなかった。乗客もわたしたち二人だけ。スコールに洗い流された道を、バスは猛スピードで飛ばした。排気ガスを含んだぬるい風が窓から窓へ吹き抜けていく。轟音とともにそのまま異世界へ運ばれてしまう、怖い夢のようだった。

「ピーマリは英語できる?」

「あまりに専門的な内容じゃなければ、聴くのと読み書きはできる」

「ほんとう？　凄いな」

「でも話すのは難しい。タイ語もそうだけど、子どもみたいな語彙しかでてこないし、発音がひどいの。聴き手にストレスを与えてるのがわかって、申し訳なくなる」

「そんなの大した問題じゃないよ。僕なんか、見た目で判断されてよく英語で話しかけられるけど、挨拶くらいしか喋れないんだよ。仕事のためにももっと話せるようになりたくて、フィリピン人の同僚に時々習ってるんだ」

わたしたちが乗ったのは、決まった時間にだけ運行する低所得者層向けの無料バスだった。ここだよと言われてステップを踏み、降りた歩道には物乞いが並んでいる。コロナになって、道端で寝起きする人があきらかに増えた。痩せて目に生気のない赤ん坊を抱いた女性の前に、百バーツ紙幣を置いた。五十バーツで充分だよ。離れてからテオが小声で言った。

目当ての食堂は、デリバリーと持ち帰りのみになっていた。

「ここで食べたかったのに」

茫然とするテオの横顔に、笑いがこみあげた。食堂脇の木の根元に痩せた男が座り、瓶ビールにストローを挿して呑んでいる。顎には垢じみたマスク。テオとわたしを好奇心剝き出しの目で見ていた男は、視線が合うと歯のない顔でにっと笑った。

食堂の奥から女の店員が現れた。手早くオーダーしてテオは「ピーマリも食べたいものがあったらたのんで」と言った。

「アヒルのラープはありますか」

「アアッ？」女が眉を寄せた。「何？　何のラープ？」

「アヒルの、ラープです」

「辛いの食べられんの？」

「大好きです」

答えたわたしに女は一秒前の顰め面が嘘のような笑顔を見せ、奥へ戻っていった。

「どうしてあんな威嚇するみたいな声を出す必要があるのかな」

「威嚇なんて考えてないよ。ピーマリがタイ語を話せると思ってないんだよ。もしくは、声が小さくて聴こえなかったか。マスクしてるから余計にね。堂々と大きな声で、なるべく長い文章を喋るといいよ」

「テオ！」

金髪碧眼の男に声をかけられたのは、わたしたちの注文したものが運ばれてきたときだった。

「久しぶり、元気にしてたか？」

がっしりとした身体つき。高い鼻はマスクで覆われていない。

テオは紙幣を店員に渡すと釣りはいいですと言って袋を受け取り、男とハイタッチした。彼らのテンションについていけなかったわたしは、右隣のガイヤーン店の男が道端で鶏の足をぶった切る様子を眺めた。脚の間に挟んだ切り株のような台に、出刃包丁が振り下ろされる。血の滲んだ太い骨。黄色い脂肪。ぶつぶつの浮いた皮。テオと男はまだ喋っている。左隣には寿司の屋台があった。トビコやカニカマや何かの海藻がのった、どぎつい色の寿司。

視線を感じて顔を上げると、金髪碧眼の男がわたしをじっと見ていた。目が合った瞬間「じゃあまたな」とテオに言い、もう一度ハイタッチをして男は路地裏に消えていった。

「友だち？」

「うん。ポールっていうんだ。紹介したらよかったね」

「チムチュム持ち帰りにして、どこで食べるの？」

「僕の家だよ」

「家には行かない」

「どうして」

考え得る最悪のパターンは、テオや彼の仲間にレイプされ殺されニュースになって夫や日本の家族が厭な思いをすること。そうなったとしても当然、身内以外は自業自得と言うだろう。よく知りもしない外国人の家に行くなんて。しかも、こんなご時世に。

でもこの子がそんなことをするだろうか？　自分の働くスーパーによく来る、日本人駐在員の妻に。ホテルの部屋に置いてきたメモの存在をテオは知らない。けれどももしわたしが失踪したら、ホテルや路上の防犯カメラから、彼とわたしがいっしょにいる画像を見つけることはたやすいだろう。彼の同僚だってバイクに二人乗りしていたことを話すに違いない。そうなれば真っ先に疑われるのは自分とわかるはずだ。ひとりシリアスな思考を巡らすわたしに、

「大丈夫だよ、菜食週間だから」

テオは気の抜けたような声で言った。

「どう関係があるの」

「セックスもしちゃだめなんだ」

セックスという単語が出たことに一瞬身構える。仏教の戒律について語るテオに、でも菜食週間は明日からでしょうと指摘すると、

「そうだった！」

わざとらしくのけぞって、彼は白い歯を見せた。

「家はどの辺にあるの」

「ここだよ」

スマホのマップが示すのは、外国人が多く住む高級住宅街とスラム地区のあいだに走る大通りを抜けた先だった。

「わたしの携帯でも見ていい？」

「いいよ、もちろん」

地図をスクショし、メールの下書きに残す。これで万一殺されても死体が発見されやすくなった。


彼が暮らす集合住宅は、黒いごみ袋や店じまいした屋台がひしめく路地を直進した突き当

りにあった。目の膜に埃が吸いつくような感じがする。野良猫の目が原付バイクのライトを受けて光った。

「先に入ってて」

テオはわたしの手に鍵を握らせ、ぎゅっと包むようにした。

「二階のいちばん奥。ドアにマルディのシールが貼ってあるよ。僕はセブンイレブンで飲み物を買ってくるから。転ばないようにちゃんと手すりを摑んでね」

暗い駐車場を歩き、ざらざらするコンクリートの階段を上った。廊下はひっそりとして、どこからか子どもの笑い声がした。どの家も、ドアの外にビーチサンダルやスニーカーが置いてあった。

三つ目のウサギのシールが貼ってあるドアに鍵を差し込み、ノブを引く。玄関と居室の境がない。同じ素材の床が続き、上がり框のような段差もない。住人に倣いわたしも外でストラップ付のサンダルを脱ぎ、かかとが壁に接するよう揃えて室内に入った。

部屋の半分をベッドが占めている。枕元には王様の写真。足の方にちいさな冷蔵庫。ちゃぶ台。ベランダへ続く木の扉は全開で、向かいの住宅に干してあるタオルやTシャツが見えた。棚の上に無造作に置かれたテオのトランクスは珍妙な柄で、生地が擦り切れ、尻部分は裂けていた。

ドアのひらく音がして、大荷物を抱えたテオが入ってくる。

「となりの人に借りてきた」

鍋とガスコンロ、コンビニで買ってきたタイのビールや炭酸水、チムチュムの具材の入った袋を冷蔵庫の前に置くとテオはまた外に出て、わたしのサンダルを手に戻ってきた。

「こんなきれいな靴が置いてあったら、ここの人たちびっくりしちゃうよ」

サンダルをベッドの脇にそっと置き、彼は氷を冷蔵庫に仕舞った。テオがシャワーを浴びているあいだ、何度か彼のスマホが光った。ポールの名が表示されていた。

「ピーマリにはタイ人のボーイフレンドがいるの？」

タオルを肩に掛けたまま濡れ髪でテオはスマホを素早く操作した。LINEの緑と白の吹き出しが見える。その質問は、これまでにも何度かされたことがあった。

「いない」

「嘘。あのスーパーで働く人たちみんな言ってるよ。あのマダムはタイ語が上手だから愛人がいるねって。果物コーナーのピーも、僕がピーマリを気に入ってるの知ってて、嫌がらせみたいに何度も言うんだ」

「わたしタイ語全然上手じゃないよ。特に発音が最悪。九官鳥より百倍下手」

「九官鳥？」

「昔タイ語の先生が、友だちの家で飼ってる九官鳥の動画を見せてくれたの。すごくきれいな発音で悔しかった。わたしの出せない音を難なく出してた」

テオの困惑顔が爆笑に変わった。

久々に呑むビアリオは少し苦かった。テオは鍋に手で触れて温度を確認し、生卵を絡めた肉を投入した。

「語学学校はどれくらい通ったの？」

「四年強。タイに来た当初から、コロナで対面レッスンができなくなるまで」

「そんなに長く。偉いなあ」

「暇だから。ほかにやることがないの」

夫の会社には妻同士の集まりというものが一切なかった。駐在妻の多くは料理教室やヨガ、ズンバ、マクラメなどを習っていたが、わたしがやってみたいと思ったのはタイ語だけで、それもマンツーマン授業だったため、気づいたら何日も日本語を話していないということがよくあった。子どもがいれば学校関係で知り合いができたり、通学バスを待つあいだに同じアパートの日本人と交流する機会があったのかもしれない。

愉しそうにお喋りしながら歩いてくる日本人女性グループとすれ違うとき、わたしはいつもひとりだった。学校のない日は市場や公園を歩き、寺を巡り、川沿いを散策した。水曜日には映画を観て、あまりにも睡眠の足りなかった日はフットマッサージ店に行った。

何も考えたくないときは、ひたすらタイ語を勉強した。特に明け方もくもくとタイ文字を記していると、写経でもしているような気分になれて気持が安らいだ。

テオのやり方を真似て、鍋に野菜を入れていく。白菜を千切り、空心菜を千切り、名も知らぬ葉野菜の紫色の茎から葉をむしり取って入れた。具をすべて投入し終えると、彼が蓋をした。レモングラスの香りがふっと遠ざかる。

「わたしもやってみようかな。菜食週間」

「それはいいことだね」

テオはうれしそうにうなずいて、動物の描かれたコップに氷とビアリオを注ぎ足した。

彼の背後に、オンとオフしかない、おもちゃみたいな炊飯器があった。

「ここキッチンがないのね。料理しないの？」

「しない。作るより買ってきた方が安いし早い。それに断然おいしいでしょ」

「ここの人みんなそうなの？」

「みんながどうかは気にしたことなかったけど……」

テオの顔にかすかな困惑が浮かび、直後笑みが戻った。

「あ、となりの主人は時々作ってるな。だからこれを借りてきたんだよ」

口角をきゅっと上げ、テオは鍋とコンロを指差した。

「煙草喫うのね」

床に置かれたパッケージを手に取る。指に挟んだ煙草が萎れて下を向いた写真がついている。煙草の喫いすぎは勃起不全になりますよという警鐘らしい。

「お酒を呑んだときにちょっとだけね。でもピーマリがやめろっていうんならやめられるよ。それにこれも菜食週間中は断つんだ。最後の一本。ねえ、こんなに長く外にいて、主人に怒られない？　子どもはいないんだよね？」

いまさら、と肩が揺れる。

「夫は外国に出張中なの。子どもはいない」

「出張？　いま国を越えて行き来できる？」

うんと答えると彼はそれ以上追及しなかった。特別なルートがあると勘違いしたのかもしれない。

「いつバンコクに戻ってくるの？」

もうすぐとぼかし、彼がくわえようとしていた煙草を取って、ライターの火をかざした。

「なにしてるの、ピーマリ」

笑いをこらえきれないといった様子でテオが尋ねてくる。

「点けてあげようと思ったの」

「そんなんじゃ点くわけないよ」

くわえた煙草に火を近づけ、テオが息を吸い込んだ。ちりちりと明滅する先端の赤に見入る。

視界がゆっくり揺れた。スプーンもシーツも床に転がった何かのメンバーカードもすべてが輝いて見え、酔いを自覚する。

「お水もらってもいい？」

もちろんと彼は冷蔵庫からシンハーソーダの小瓶を取り出し、栓を抜いた。コップに注がれたソーダにかちわり氷を落とす。シュワシュワ音がして炭酸水があふれる。ああもうと笑いながら、テオがその辺にあったタオルを手繰り寄せた。ちゃぶ台にできた水たまりで、炭酸がぱちぱち跳ねている。

「きれい。花火みたい」

「花火はもっとどかーんとしてるでしょう」

拭きながら言うテオに、スマホで線香花火の動画を見せた。

確かに似てる、とテオは笑った。それから、からかうようにわたしの顔を覗き込んだ。

「ピーマリ、酔ってるね？」

レモングラスやこぶみかんの葉や生姜をよけながら食べるチムチュムは、それまで食べたどのタイ料理よりおいしかった。テオのご機嫌なお喋りを聴き、食べて、呑んだ。あんまり笑って苦しいくらいだった。くつろぐ、というのはこういうことだと思い出した。

気づいたら、ベッドで眠っていた。慌てて時刻を確認する。三十分経っている。気分がよかった。こんなに軽やかな心地は何年ぶりだろうというくらい、胸にひとかけらの不安もなかった。

ベッドの足許でスマホを弄っていたテオが振り返り、笑顔を見せた。

「ぐっすり寝てたね」

窓の外を見て、息をのんだ。朝日がのぼっている。三十分じゃない。十二時間と三十分だ。

「わたし、ずっと眠ってたの？」

「トイレに行ったり水をのんだりしたよ。憶えてないの？」

テオが心配そうにわたしの瞳を見つめた。

「お酒呑むの久しぶりだったから……。でも十二時間なんて」

「よっぽど疲れてたんだね」

そうだとしても、いくらなんでも長すぎる。八時間眠れる日だって年に一度あるかないかなのに。耳の底にテオではない男の声がこびりついていた。どこかで聴いた声だという気がする。

「わたしが寝てるあいだに誰か来た？」

「来てないよ。夢じゃないかな」

「お手洗い借りていい？」

「もちろん。あ、ティッシュ使うんだよね」

それを念押しされるということは、確かにわたしはトイレに行ったらしい。

がさがさした手触りの正方形のティッシュを受け取り、ベランダの手前で左に折れる。水栓も便座も電気もない、流す水は手桶ですくって入れる式の難易度の高いトイレだった。ここをすでに利用した？　まったく記憶がない。自分の身体を隅々まで確かめる。痛みや違和感、何かされたような形跡はなかった。ただ、ブラジャーのホックが平常よりひとつゆるい位置で留めてあるのが気になった。自分で無意識にずらしたのだろうが、それにしては胸の肉がはみ出している。

居室に戻ると、テオが煙草を引き出しに仕舞うところだった。

「あんなふうに火を点けようとするなんて、ピーマリは喫煙したことがないんだね」

「ない」

「ピーマリのお父さんは？」

「昔は喫ってたけど、いまはどうか知らない。わたしが小学生の頃離婚して、もうずいぶん会ってないから」

「お母さんは？」

「喫わなかった」

「かった？」

「亡くなったの。三月に」

テオが目をぱちくりさせた。

「たった七か月前？」震える声で彼は確認した。「病気だったの？　ピーマリは最期お母さんと会えた？　タイにいてどうやって日本のお母さんを弔うの？」

質問にひとつ答えるたび、彼の鼻が赤くなり、眉や頬に力が籠（こも）った。

「ああ！　お母さんが亡くなるなんて！　想像しただけで身体が引き裂かれそうだよ！」

みるみるうちに大粒の涙が盛り上がり、こぼれて床に染みをつくった。

「お母さんに会って、お母さんの顔を見て、お別れを言いたかったね。悲しかったね。淋しいね。すごく、悔しいね」

テオはぼろぼろ泣きながら、わたしの目をしっかり見つめていた。わたしを理解したい、苦しみに寄り添いたい、そう思っていることが伝わってくる瞳だった。

赤い「齋」の字の入った黄色い旗が、市場のあちこちで揺れている。ブロック塀の向こうは寺の敷地らしく、黄金の屋根が強烈な日差しを浴びて輝いている。

菜食週間がはじまった。

「九日間、テオは何を控えるの？」

「肉、魚、卵、乳製品。あとはアルコールと煙草でしょ。もともと牛肉は食べないけどね」

「どうして」

「僕が牛を食べなければ、一年に一頭の牛がたすかる。タンブンになる」

タンブン。徳を積む行為、という用語としての知識しかない。

トマトソースの甘酸っぱい香りがしたと思ったら、ピザの屋台が現れた。アロハシャツにエプロンをかけ客を捌いているのは、昨日食堂で会ったポールだった。

列に並ぶテオに気づくと、ポールは手を挙げた。腕だけでなく胸元にも濃い体毛が渦巻いている。

「ポールは毎年、菜食週間のあいだだけここで特別なピザを売ってるんだよ」

どことなくそわそわした様子でテオはそう言った。植物性チーズを使用したそのピザはとても人気があるらしく、三百バーツものタクシー代を払ってまで買いにくる客もいるのだというテオの言葉通り、わたしたちの後ろにもすぐ数名の若者が続いた。

ピザには様々なトッピングが用意されていた。ルッコラ、オレガノ、青海苔のような何か。視線が合うとポールは眉を上げておどけた表情をつくってからわたしたちに背を向け、ピザを入れる容器を手に取った。首の後ろに温泉マークのようなタトゥーが彫ってある。

購入したピザはテオがひとりで食べた。市場の隅で石の段差に座って。わたしは昨夜のチムチュムとアルコールがまだ残っているようで、頭も胃も重かった。

ホテルへ戻る道中、テオはびっくりするほどハイテンションで饒舌だった。原付バイクを運転しながらスマホを弄り、かかってきた電話に出た。あぶないよと注意しても笑っていた。スマホに触れていないときはわたしに喋り続けた。彼の言葉を聴きとりづらかったのは、エンジン音のせいだけじゃない。それまでは最も平易な単語をチョイスしてくれていたのに、方言が雑じり一人称も若者特有のそれに替わり、その上とんでもなく早口だった。タクシーで強制的に聴かされるこの国の歌謡曲のようにチャカチャカと忙しなかった。

「ピーマリ、チェックアウトして僕のうちにおいでよ。家が直るまで泊まったらいい」

「そんなのありえない」

「どうして？　お金もったいないし、ひとりでいたら思い詰めちゃうよ」

「ありがとう。考えておく」

テオが肩をすくめた。

「ピーマリは、はぐらかす言葉をいっぱい知ってるね」

そんなことを指摘されるのははじめてだった。けれど、言われてみれば確かにそうだ。

秘密。また今度。さあどうでしょう。わたしは日々その三つを使いまわしている。

「考えてるうちに主人は帰ってくるし、菜食週間も終わっちゃうよ」

ホテルの部屋に戻るとシャワーで汗を流した。冷蔵庫から缶ビールを取り出し、少し考えて呑まずに戻した。


母の月命日だから、いったんホテルを引き払って家に戻りたいです。夫に夜送ったLINEの返信が朝になって届いた。了解。エアコンと床の進捗状況がわかったら連絡ください。それによってまた次のホテルを予約します。

「いつ僕のうちに来る？」

テオから電話がかかってきたとき、わたしは大きな公園の池のほとりにいた。朝露の光る園内で、大勢の人が散歩やジョギング、太極拳をしている。

「行かないよ」

「そうなの？　ざんねん。なにか困ってることはない？　いまどんな気分？」

「困ってることはない。気分は穏やか」

「よかった。いまどこにいるの？」

「公園。亀にパンをあげてる」

「それはいいことだね！」

びっくりするくらい大きな声で褒められ、そうか、これもタンブンかと思う。ふわふわのパンを千切って池に落とす。亀の横からナマズも顔を出す。

「僕もそこに行きたいけど、これから仕事なんだ」

来られても困る。この公園は日本人が多い。

「お母さんにピーマリのこと話したよ」

「え？」

「日本の女の人は働き者で辛抱づよいからいいってお母さん言ってた。ほら、『おちん』もそうでしょう」

おちんが何かわからず質問を重ねてようやく『おしん』のことだとわかった。

「家に連れてらっしゃいだって」

にこにこ顔が容易に想像できる声でテオは言った。わたしが彼の母親と、いったいどんな話をするというのだろう。

「ピーマリ、早くホテルに戻った方がいいよ。三十分後に雨が降る」

見上げた空は気持よく晴れ、雲はずいぶん遠くにあった。

「この雨は強く降るけどすぐやむ。でも降ったら渋滞になるし、濡れたら大変だから、いま移動するのがいちばんいいよ」

「どうしてわかるの、そんなことまで」

「雲と風と蟻でわかる。よく見たらぜんぶわかるんだよ」

雨はテオの言葉通りに降って、やんだ。

荷物を抱え自宅に戻ると、主寝室のエアコンが取り外されていた。

「わたしがいないときに入ったの？」

アパートのスタッフに確認すると、

「ええ。結局、新品と取り換えることにしたのよ。じきに届くからね。ついでにほかの部屋のエアコンもクリーニングしておいたから」

明るく言われ、文句を言う気力が削がれた。窓を開けて換気し、掃除機をかけ、洗濯機を回した。固定電話とインターネット代金の支払い期限が迫っている。一度座ったらもう立てないと思い、そのまま払込み伝票を手に家を出た。

セブンイレブンにもキンジェーの黄色い旗が揺れていた。昨年までもこんなに派手にやっていただろうか。冷凍コーナーに大豆ミートのガパオを発見し、買って帰った。ベジタリアン用ガパオは味が濃く、脂が重かった。ヘルシーとはほど遠い。数口食べて水をのみ、夫にLINEを送ってソファに横になった。

自分の叫び声で目が覚めた。カーテンの外はすでに暗い。ひどい悪夢を見た。自分が狂気と正気の境にいるという感じがした。夫からの返信はない。閃光と同時に雷鳴が轟(とどろ)いた。

両手で耳を塞ぐ。話したい。誰かと会話がしたい。これほど切実な衝動は初めてだった。ひとりでいるのが好きだし、ホームシックというものを感じたこともなかった。なのにいま、人と目を見て他愛もない話がしたくてたまらない。母の死とコロナがわたしを変えてしまったのだろうか。ここにひとりでいることが耐えられない。スマホに触れる指が小刻みに震えている。そうすべきと思って夫に電話をかけた。いつもはコール音五回で切るが十二回待った。怖い。淋しくて怖い。繋がりませんでしたとタイ語のアナウンス。何百回も聴いたアナウンス。何百回もの絶望。願っても祈っても繋がらない。こんな孤独を幾夜、直視せずにきただろう。切ってもう一度鳴らす。ぷつっと繋がる音がして、けれどそれは幻聴だと気づいて、やはり自分はとても危うい線の上にいるのだとスマホを耳に当てたまま思う。

暗転したスマホを握りしめ、次にすべきことはなにか考えた。姉にかけるにはもう遅い。そうだ、豆ごはんの材料を買いに行こう。外の空気を吸うだけでも気分が変わるかもしれない。料理して、片づけて、ゆっくり風呂に浸かろう。どこかでジャスミンの花輪を買えたらいいのだけど。花輪がなかったら、ジャスミンの香りのボディクリームを買おう。

傘をさしてざんざん降りの雨のなか大通りを歩き、目に付いたコーヒーショップに入った。

「ラテを下さい。ソイミルクはありますか」

「あるわよ。菜食週間ね」

店員はにっこり笑ってコーヒーマシーンを操作した。

人心地ついて店を出た瞬間、空にひと際大きな稲妻が張りついた。最寄りの食料品店に寄って帰ろう。そう思うのに、わたしの脚は正反対の方向へ進んだ。

スーパー裏手のベンチに、見慣れた背中があった。右手にペンを持ち、ぶつぶつ呟きながら何か書いている。

こっそり近づき、背後から覗いた。ひらがなが見えた。

「わっ、びっくりした。ピーマリ、来てくれたの」

「日本語の勉強してたの？」

「あーあ。できるようになってから話して、驚かせたかったのに」

グリーンピースを買いにきたと伝えると、彼はノートとペンを仕舞ってわたしといっしょに店へ入った。

「この辺で見たと思ったんだけど」

案内された先にあったのは、グリーンピースではなかった。

「これは枝豆。皮を剝いてちいさな豆を出すの」

「じゃあさっきピーマリが言ってたのは？」

「はじめから剝いてある」

「そうなんだ。知らなかった。あ、じゃあもしかして、この裏の冷凍庫にあるあれかな」

冷凍庫に向かう途中、蜂蜜の並ぶ棚を通った。マヌカハニーの容器を指さしてテオは「こんな高価なもの誰が買うんだろうね」と笑った。

「ねえピーマリ、なんだか顔が赤いよ。風邪ひいた？」

額に彼の手が当てられる。長い指がわたしの顔からはみ出す。

この人は、わたしがコロナである可能性を考えないのだろうか。

「熱がある」

生理前だからではと思ったが、言われてみれば確かにそれを越えて熱っぽいような気がした。

「大したことない」

「いや、僕は知ってる。ピーマリの身体は普段こんなに熱くない」

普段をそれほど知るわけでもないのにと言いかけたそのとき、また雷が鳴り、直後ドーンと凄まじい音がして、視界が真っ暗になった。

静寂がおりる。氷の上に並べられたエビやイカも、通路に連なる黄色い旗も、闇に紛れた。停電なんていつものこと。数秒待てば点くと思ったが、明るくなる気配はない。客やスタッフたちの戸惑う声が至る所から聴こえはじめた。

「ここで待ってて」

耳にテオの息がかかった。

「動かないでね。わかった？　すぐ戻るから心配しないで」

心配する間もなくテオは戻ってきた。懐中電灯に足許が丸く照らされる。

「グリーンピースのほかは何を買うの」

「卵。あと、パッションフルーツシャーベットとソムオーが食べたい」

「ほら、チョイスが病人っぽい」

笑いながらテオはわたしの手を取り、自分の肘を摑ませた。

卵の棚の前で、七十歳くらいの女性が途方に暮れていた。テオはさっと駆け寄り彼女と話すと、別の男性スタッフを呼んで、これであのお客さんを案内してと持っていた懐中電灯を手渡した。それからはテオのスマホを灯りにした。

真っ暗な店内のあちこちに、蛍のような光がちらついていた。

「エアコンと床の調子はどう？」

「悪化する一方。たぶんこの雨でまたひどいことになる」

「だからうちにおいでって言ってるのに。主人は？」

「まだ」

「どうして。ピーマリがこんなに苦しんでいるのに」

「仕方ないよ。仕事があるんだから」

「それはほんとうに、仕方のないこと？　たかが仕事じゃないか。熱があるのにひとりでいるなんて心配だよ。容体が急変したらどうするの？　救急車の呼び方知ってる？　ね、もうすぐシフト終わるから待ってて」

「わたしがコロナだったらどうするの」

「構わないよ。むしろたすけるよ。ピーマリは僕がコロナだったらどうする？」

スタッフ、マネージャーらしき男性、すれ違う誰もが笑顔を向けてくる。

「うちでまたゆっくり眠りなよ」

「テオは親切ね」

「困ってる人がいたらたすけなさいって、お母さんがよく言うんだ。僕、来年お母さんのために出家しようと思ってるんだよ」

長く出家する予定なのか尋ねると、たぶん三日という答えが返ってきて一瞬浮かんだ淋しさが消えた。

店を出るとサンダルの下の地面がへこんだ気がした。電線も屋根もスコールで白く煙(けぶ)っている。

テオがバイクの下から布を取り出し、わたしの両手首を自分の腹の前できつく縛った。

右に高層マンションと大使館、左に沼とバラック。バイクは視界も覚束ない豪雨のなかを突き進んだ。

「ピーマリ、グリーンピースで何を作ろうと思ったの」

屋台でお粥を買って戻ってくるなり、テオは尋ねた。

「豆ごはん。母の好物なの」

「何？　それ料理の名前？」

具材や調味料、作り方を説明すると彼はカオマンガイの豆バージョンかなあ、と眼を天井に向けた。

お粥は温かく、生姜が喉にしみて痛かった。デザートにソムオーを二切れ食べ、風邪によく効くとテオが勧める薬を、掌にのせた。タイの薬は体格のいい欧米人用に調合されているときいたことがあったので、ナイフで切って半分だけ服用した。

雷と雨の音を聴きながらシャワーで汗を流し、ベッドに横になった。

薬のせいか、背中を撫でるテオの手が心地好いせいか、すぐまどろんでしまう。

月命日なんだね。お母さんが亡くなって、つらかったね。もう会えないなんて信じられないよね。でも、そういう苦しみは、人間なら誰しも経験するものなんだと思うよ。僕になんでも話して。ぜんぶ受け入れる。少しずつ元気になろうね。ピーマリのお母さんには、きっといい来世があるよ。

鶏の鳴き声で目が覚めた。室内にはジャスミン米の炊けるいい匂いが漂っている。上体を起こすと、テオが背中を丸め、包丁で何かを刻んでいるところだった。

「あ、おはよう、ピーマリ」

「何を作ってるの」

「豆ごはんだよ。体調はどう?」

呼吸し、頭を左右に動かしてみる。

「すごく楽になった」

「よかった」

笑うテオの顔前を、蚊が横切った。とっさに叩き潰そうと振り上げた両手を握られる。

「殺しちゃいけない。扇風機の風を強くすれば飛んでいくから」

そんなわけないと思ったが、テオの言う通り風で蚊は消えた。

「さっきお母さんと話してたんだ。あの日本人女性がいまうちに泊まってる、礼儀正しくてやっぱり優しい人だよって」

「お母さん、なんて？」

「彼女が主人と別れるまでは寝ちゃだめだって」

そんなことまで話すのか。

「でも、手を繋ぐくらいはいいよね。友だちとも家族とも繋ぐもんね。そうだ、友だちにも言ったんだよ。大事な人ができたから、僕は変わるんだって。ねえ、近いうちに僕の実家へ遊びに行こうよ。二泊くらいできたらいいんだけど」

何県と尋ねて返ってきたのは、聴いたこともない県だった。

「何が有名なところなの」

「メコン川を渡って密入国してくるラオス人が多い」

「まずそれ？」笑ってしまう。「ほかには？」

「国立公園と寺院があるよ。木や花や山がきれいで、冬はすっごく寒くなるんだ。日本みたいに雪は降らないけどね。車で三時間くらい南下したところにある山で、星の形をしためずらしい花が見られるよ。白くて小さくて、きれいなの。ピーマリみたいに。なぜかわからないけど、その花はそこでしか咲かないんだ」

わたしはどこかでその花を見たことがあるような気がした。けれどテオが口にした土地を訪れたことはないから、きっと気のせいだろう。

テオの作ってくれた豆ごはんは、わたしには到底再現できない味だった。辛く甘酸っぱいタレまで添えてある。

「ジャスミンライスにほんの少しカオニアオを混ぜたんだ。そうすると粘り気が出て、日本のお米の味に近づくって隣の主人が教えてくれたから。ねえ、なんで笑ってるの」

「母もおいしいって言ってると思う」

「でしょう」

母がこの空間にいたら、間違いなく笑っている。おもしろいね。ちょっと想定外の豆ごはんだけど、すごくおいしい。母はきっとわたしを咎めない。

「ピーマリは？　ピーマリはどう思った？」

「とってもおいしいよ」

いまこの瞬間、わたしの中に孤独はなかった。テオがわたしの母のために、母の好きな料理を作って、いっしょに偲んでくれた。わたしがどう思うかを気にかけてくれた。何をしたらわたしが元気になるか、悲しみが少しでも癒えるか、知ろうとしてくれた。

完食したわたしを見て、テオは満足そうにうなずいた。

「さ、行こう」

原付バイクの鍵を手に、テオが立ち上がる。

「どこに？」

「タンブン。こないだ行った市場の横にお寺があったでしょう。肩を出すのはあんまりよくないから、ショールを忘れずに持っていって」

銅鑼（どら）の音が路地に響き渡った。パレードだ。中華街で獅子舞が練り歩き、黄色い服を着た人たちが飛び跳ねている。花、ろうそく、提灯。外壁。すべて真っ黄色に染まった世界の真ん中を泳ぐように、テオはバイクを走らせた。袈裟を着たお坊さんの向こうに、日本人らしき男女の顔が見え隠れした。知り合いに似ている気がしてひやりとするが、マスクをしているせいではっきりとはわからない。あの二人から見たわたしは、タイ男の口車にまんまとのせられたばかな駐妻だろう。顔を伏せても風が前髪を吹き上げる。銅鑼の音が徐々に遠ざかっていく。

ガソリンが切れそうだからここからは舟で行くと言って、テオは舟着き場にバイクを停めた。

「スタンドに寄ったら?」

「それだと間に合わないいんだよ」

何に間に合わないと言ったのかは聴きとれなかった。ベンチに腰かけ舟を待つ。茶色く濁って底の見えない川。舟着き場のどこかで、錆びた鎖に波がぶつかり音をたてた。卵のくさったような臭い。水面が高く揺れ、マングローブの根っこが見えた。

「お母さんの名前はなんていうの」

紙とペンを手に、テオが尋ねた。

「千鶴」

「しずる?」

「ううん、千鶴」

「ちする?　まあいいや、日本語でどう書くの」

レシートの裏に大きく漢字で書いてみせると、テオはそれを凝視しながらペンを動かした。右から左、下から上、むちゃくちゃな書き順だ。まさか母もタイで自分の名前がこんな風に記されているとは思うまい。

「お母さんの生まれた日はいつ?　命のなくなった日はいつ?」

わたしの答える数字を、テオは次々書き込んでいった。

水しぶきを上げて舟が近づいてくる。やってきた舟に渡し板などない。縄を掴みテオに腰を抱かれるようにして、ぐらぐら揺れる舟に乗り込んだ。


平日の午前中だというのに、寺には大勢の人がいた。

屋外にある金色の仏像の前でテオは履物を脱いだ。ひとつひとつ彼のやり方を真似た。合掌する彼の靴下にあいた穴に静謐さを感じる。目を閉じて祈る横顔。胸が締めつけられるのはきっと、今日という日を彼がわたしと同じように大事にしようと努力してくれているから。

仏像に金箔を貼り終えると広場のような場所へ出て、干支のおみくじを引いた。わたしはウサギ、テオはブタだった。

「時間だ」

購入したタンブンセットを手に、また別の建物に入る。ここからが本番らしい。

つぼみの閉じた蓮の花。長い線香と山吹色のろうそく。なんだかわからない紙の包み。水、菓子パン。それらが載ったお盆に、テオが母の名を記した紙をそっと置いた。三十人ほど集まったタイ人の最後列でお経を聴く。仏教用語は難解で何を言っているのかさっぱり聴きとれない。テオに指で突かれた。お供え物をお坊さんのところへ運ぶ順番が回ってきたらしい。これまでの人たちに倣い身体を低くして持っていき、またテオの隣に戻った。彼が買ってくれたお供え物は、他の誰のものより大きかった。

「お母さんのことを想って」

テオに言われて、目を閉じる。肺の底まで息を吸い、ゆっくり吐く。

母の笑顔が浮かんだ。続いて、笑い声も。お母さん。喉の奥で母を呼んだ。もっとまめに連絡したらよかった。聴きたい話も聴いてほしい話もたくさんあった。いっしょに行きたい場所があった。行けると思ってた。お母さん。帰れなくてごめんね。ちゃんと送れなくて、ごめんね。お母さん。

ふいに、身体の左側がじんわりと温かくなった。

「マリ」

耳許で聴こえたのは、紛れもない母の声だった。

「豆ごはんありがとう。人生を隅々まで愉しんで」

えっと声が漏れてしまうのと同時に、冷たい水が頭と手にかかった。びっくりして目を開けると、お坊さんが聖水を振りかけていた。

最後にひれ伏すお辞儀を三度して、テオに続いて立ち上がった。

「お母さんの声が聴こえた？」

当然のように彼が言うので、首の後ろの産毛が逆立った。

「お母さん、なんて言ってた？」

真顔で尋ねてくるテオに、母の言葉を伝えた。うん、うん、とうなずきながら、テオはわたしの背中をさすった。

わたしは、こんな話を誰かとしたかったのだと思った。

寺を出て、駐車場の隅にあるコの字型の石のベンチに寄った。大木に生い茂る葉の陰になって涼しい。わたしの右耳に当たるテオの太ももは、見た目より肉厚で弾力があった。風が通るたび、極彩色のひらひらした花が視界の端で揺れた。

「落ち着いた？」

大きな掌でわたしの肩を撫でながらテオが言った。うん、と日本語で答えると、

「どっち？　うんとううんの違いが僕にはよくわからない」

わからない。おいしい。きれい。淋しい。テオは自分の感情をためらわず口にする。

「ありがとう。もう大丈夫。ここ、気持のいい場所ね」

「僕はいい気分じゃない」

不貞腐れたような声で言って、彼は腰をもぞもぞ動かした。

「ねえ、ピーマリ」

「うん？」

「ふたりで暮らせたらいいのにね」

「そうね」

「ピーマリ」テオがめずらしく尖った声を出した。「僕には、ほんとうに思ってることだけを言って」

ふたりで暮らすなどという突拍子もない話に、本心を伝えたら会話が終了する。

「オーケー？」

「わかった。じゃあ暮らすとしたら、どこ？」

「バンコクじゃないどこか。ここは何もかも高すぎる。でもたとえば僕の田舎なら、家賃はタダだし、米もたくさんある。コロナの心配もない。うどん屋とか日本食材の店がなくて恋しくなるかもしれないけど、あとはだいたいバンコクと同じだよ。ビッグシーもロータスもある」

「電気は通ってる？」

「通ってるよ！」

テオがわたしの首をくすぐる。笑いながら身をよじって、彼を見上げる。木漏れ日とともに温かな眼差しが降りそそぐ。

「ふたりで日本料理店をひらこうよ。ピーマリが調理して、僕が接客するの。逆でもいいよ。オフィスとかで働きたければ、それでもいい。僕、主夫もやれるよ。料理得意だし。ピーマリが働きたくなければ、僕が働く。金持ちにはできないけど、ふたりで幸せになれる」

それはいったいどんな人生だろう。想像しかけて即壁にぶち当たる。大きな怪我や病気をしたら、どの病院にかかるのか。少なくともいま利用しているような、駐在員御用達の通訳付き病院でないことは確かだ。スタバや日本食レストランがあって、グランドピアノの生演奏が流れている、あの高級ホテルみたいにきらびやかな病院。そもそもわたしの人生からスタバというものが消えるだろう。

長く絡んだ視線を、彼が寺の裏の市場へ飛ばした。

「帰って支度しよう」

「え?」

「とりあえず、二週間くらいの旅の用意できる?」

「できるわけないでしょう。エアコンや床のことでアパートの人と連絡を取り合わなきゃいけないし、出かけるなら冷蔵庫の整理もしないといけないし、それに」

「できない理由を探さないで。ピーマリは時々変だね。あれこれ考えすぎて、本音と真逆なことを言う。捻じ曲げる癖がついてるのかな。僕は頭がよくないからはぐらかされちゃうけど、部屋でひとりになったとき気づくんだ。ああ、あれは誤魔化しだったって。それでピーマリのことが心配になる。ピーマリの本音はどこへ行っちゃうの? 泥みたいに溜まって内臓が破裂したら大変だよ。自分の心をよく覗いてみてよ。そこにあるものを、喉からそのまま取り出せばいいんだよ」

心にあるもの。それを直視しようとするだけで震えるというのに、そのままの姿で太陽の下に晒す。そんなことが、わたしにできるだろうか。

脇の下に手が差し入れられ、テオがわたしの身体を引き上げた。長い腕に包まれる。

「僕はピーマリのことが好き。だからこれはまちがってないよね？」

「好き？　愛じゃないんだ」

口にしてまた気づく。わたしはいま、大切なことをはぐらかした。

「愛でもいいの？　僕はピーマリを愛していいの？」

剝き出しの二の腕をテオが強く摑んだ。わたしの目をまっすぐ見つめ、彼は言った。

「僕の人生にはピーマリが必要なんだ。僕は弱い人間で、だめなところがいっぱいあって、このままじゃいけないって、ほんとうはずっと思ってた。でも自分ひとりではどうにもならなかった。ただ流されてたんだ。でも、ピーマリがいっしょなら、ピーマリがいてくれたら、決断できるかもしれない」

いったい何の話をしているのだろう。

「とにかく、いますぐここを離れよう」

有無を言わせないテオのまなざしと、人生を隅々まで愉しんでという母の声が重なった。

寺から最短距離でそれぞれの家に帰り、荷物をまとめてロットゥー乗り場で待ち合わせた。十五人乗りのハイエースの、最後列から二列目に並んで座る。続々と客が乗ってきて、あっという間に満席になった。

ハイエースは怖ろしいスピードで蛇行運転を繰り返した。時折シート越しにテオのスマホの震動が伝わってきた。彼はもうスマホをひらかなかった。

終点まで行くとまた別のロットゥーに乗りかえ、さらに数時間かけて、彼の親戚の家に辿り着いた。

田んぼのあぜ道を水牛がのんびり歩いている。バンコクにはマスクを二重につけている人もいたが、ここで農作業する人たちはマスクすらしていない。

テオの親戚が提供してくれたのは高床式の住居だった。軒下の柱にかけられたハンモックで、男の人が気持よさそうに昼寝している。その脇の階段を上り部屋に入った。窓辺に立つと、七歳くらいの女の子が興味津々の顔つきでこちらを見上げていた。手を振るとはにかんで笑い、バナナの木の向こうへ駆けていった。

風を入れようと窓を開けた。二秒でテオが閉めた。そのまま手首を摑まれ腰を抱かれ床に押し倒される。唾液の匂いが甘いとわかるほど顔が近い。

「真下に人がいるよ」

「問題はそれだけ？」

彼の唇とわたしの耳、彼の顎とわたしの鎖骨、皮膚同士がこすれて香り立つ。圧倒的な雄の匂い。脇腹から指が侵入してくる。肩を甘噛みされて、言った。

「わたしも肉よ」

テオがぴたりと動きを止めた。顔を上げ、目が合って、にっと笑う。

「ピーマリは除く」

彼はわたしの反応を確かめながら触った。これまで快楽を感じたことのない場所がいくつもあった。

テオの性器には何かの種が入っていた。十代の後半、自分で皮を切って入れたらしい。友だちといっしょにノリでやったということはわかったが、何の種子なのかは聴きとれなかった。二か所歪(いびつ)な突起を持つそれは、独立した生き物のように跳ねたり膨らんだりした。

挿入の瞬間、彼は感極まったように瞳を潤ませ、「ずっといっしょに暮らそう。命が終わるまで」と言った。それからゆっくり沈んでいき、行き止まりに到達すると、しばらく静止した。そして、腰を深く動かしはじめた。

牛の声で目が覚めた。窓の外はまだ暗い。

腕枕からそっと離れ、貴重品やマスクの入ったポーチを手に、入口へ向かった。テオの枕元に置かれたスマホが光る。蟬が最後ひと鳴きするように震え、充電が切れた。

部屋を出て、木の階段を降りた。

群青色の空気にとけるように、どこからかぽくぽくとソムタムを作る音が聴こえてくる。木の幹の濃い匂い。髪を揺らす風はバンコクよりひんやりとして、清浄だった。

ポーチから財布を取り出す。カード類はすべて自宅に置いてきた。タイで使うカードはどれも夫名義だから、わたしがどこでお金を引き出したか、どんな場所を訪れたか、使えば夫に知られてしまう。そんなことはいままで考えたこともなかった。考える必要がなかったのだ。

自分の心を覗いてみる。罪悪感はあまりに巨大で目に入らない。

「ピーマリ！」

呼ばれて顔を向けると、昨日の女の子が立っていた。慌ててマスクを装着する。誰かにわたしの名前を聴いたのだろうか。早起きねと言うと、女の子はところどころ理解できない方言雑じりのタイ語で、肌が白いねとか、そのピアスかわいいねとか、マリっていい名前、タイ語でジャスミンはマリっていうの知ってる、などと矢継ぎ早に言った。質問に答えてからメモ帳を取り出し、一枚千切って折り、袋を作った。女の子は真ん丸の透き通った瞳でわたしの手許を見つめている。ピアスを外してアルコール消毒し、袋に入れた。

差し出すと、目がさらにまるく輝いた。女の子は袋を胸に抱き、膝を軽く曲げて合掌した。

翌日、数泊分の服や洗面用具を携え、出発した。

親戚に借りた原付バイクで国境沿いの道を走り続けた。ふたりで住むのによさそうな家、安くて立地の好い日本料理店の候補物件。テオがどこまで本気なのかはわからなかったが、何か質問されればそれが本音かどうか自分に問いかけて、ほんとうの気持だけを口にするようにした。ここには日本の食材がたくさん売ってるんだよ。誇らしげに彼が連れて行ってくれたスーパーには、たしかに味噌も醬油も海苔もカレールウもあった。どれも一種類だった。

「バンコクに戻ったら、僕のお姉さんに会ってよ。お姉さんもマリに会いたがってるんだ」

テオがスマホの画像を見せてきた。センセープ運河沿いにあるデパートの子供服売り場で働いているというお姉さんは、メイクのせいかそれとも体格の違いか、テオとは似ていなかった。

「友だちにも紹介したい。ピーマリの友だちとも、いっしょにごはんを食べたりしたいな」

お腹がすいたけれど屋台が見当たらないとき、テオはバイクを停め、道端に生えている木から何かの果実をもいだ。味見したあと差し出された実は、甘くねっとりとして、腹のなかで膨らむような感じがした。感想を伝え苦笑いするわたしをテオは撮った。写真も動画も、テオはたくさん撮った。

何度も軍の検問に遭遇した。迷彩服を着てライフルを携えた彼らは、必ずバイクのシート下を調べた。

「ヤーバーを持ってないか確かめてるんだよ」

わたしは薬物所持を疑われたことなどなかった。タイに来てからも、日本にいた頃も。検問をくぐり抜け、軍の視界から外れると、テオは限界までスピードを上げた。風で息ができないほどだった。死んじゃうと叫ぶと、それもいいねと返ってきた。わたしもそんな気がした。たとえここで死ななくとも、タイの仏様はきっとわたしを地獄に落とすだろう。

日が落ちるとモーテルや、交渉して安く借りた小屋のような建物に泊まった。テオは日に何度もセックスしたがったが、わたしが厭と言えば己を鎮める努力をした。屋台と食堂の中間みたいなタイ料理店のトイレでしたこともある。立ったまま背後から貫かれ、最後引き抜くとき、彼があっと声を上げた。

「ごめん、ゴムが外れちゃった。でも大丈夫。僕、病気は持ってないよ」

頭のなかで生理のサイクルを計算する。

「妊娠が不安？　ピル飲んでないの？」

「飲んでない」

「もしできてたら産んでほしいけど。ピーマリはどうしたい？」

「できてないほうがいい」

「じゃあちょっと買ってくる」

コーラ買ってくるぐらいの勢いで言って彼は、小さな箱を手に戻ってきた。薬局で買ったという緊急避妊薬の値段を尋ねると、日本円で百八十円くらいだった。

「もうすぐローイクラトンだね。ピーマリは灯籠(とうろう)を流したことある？」

「あるよ。亀に餌をあげた公園で」

花とろうそく、線香、バナナの葉で作られた灯籠を流した。

「そっか、あの公園も盛大だよね」

ローイクラトンは陰暦の十二月の満月の夜に行われるタイの伝統行事だ。仏様に収穫への感謝を捧げる目的と、自分の心に宿る穢れを洗い流す意味があるのだとタイ語学校で習った。

「コムローイは？　飛ばしたことある？」

二種類あるローイクラトンのうち、和紙でできたランタンを夜空に放つのがコムローイだ。

「そっちはない」

「そうなんだ。じゃあ来週いっしょにチェンマイへ行こうよ」

すべてのランタンが天に放たれたとき、僕たちの苦難も消え去るんだよ、とテオは言った。

「ここからでもバンコクからでも時間かかってお尻痛くなっちゃうと思うけど、二人だったらなんでも愉しいよね」

そうね、とわたしは本心を言った。


その寺を訪れたのは、国境沿いを原付バイクで走りはじめて四日後、菜食週間が明けた朝のことだ。

夢に見そうな、おどろおどろしいオブジェが飾られた奇妙な寺だった。仰ぎ見るほど大きな幽霊の像の脇に暗い穴があり、目を凝らすと階段が見えた。手をしっかり繫いで、永遠に続きそうなその階段を一段一段のぼっていくと、洞窟に出た。サンダルの裏や手に触れる石の感触に注意を払いながらさらに進むと、突如、巨大な寝釈迦像が現れた。

金色の光を放つそれは、見る角度によってほほ笑んでいるようにも怒っているようにも見えた。手を合わせたが、何を祈っていいかわからなかった。身体がべたつき、自分が汗臭く、髪はきしきしした。寝釈迦像の背後に、さらに奥へと続く横穴があった。漆黒の闇。その先に何があるのか、知りたいような、知りたくないような気がした。テオもわたしも、そこから先へ進む勇気はなかった。

親戚の家へ戻ってバイクを返し、高床式の部屋に入った。

「どんなことを考えてるの？」

疲れたのか横になって目を閉じ、長く黙り込んでいたテオに尋ねると、祈ってたんだ、と返ってきた。思いがけず、しずかな声だった。

「来世ではもっと早く、もっと近くでピーマリと出会えるように。できれば夫婦になれるように。ピーマリがこの先ずっと、幸せであるように。ピーマリのお母さんが幸せな来世を迎えられるように」

帰ろうと言い出したのはどちらだったか。自然な流れだったような気もする。

バンコクへ戻る日の朝、ピアスのお礼といって、あの女の子がジャスミンの花輪をくれた。

「また来てね、ピーマリ。元気でいてね」

女の子の透明な涙が、赤茶色の地面に吸いこまれた。

ロットゥーを降りてテオと別れ、タクシーでフジスーパーに向かった。日本人ばかりのその店で食材の買い物を済ませた帰り道、シーローという軽トラで相乗りになったのは、同じアパートに住む六十歳前後と思(おぼ)しき日本人女性だった。荷台の座席でわたしは運転席を背に、彼女は進行方向をむいて座った。

「ご旅行ですか?」

女性が、わたしの荷物に視線を遣った。曖昧にうなずいたわたしを、彼女は正面からじっと見た。

「中華街で二人乗りしてた、あの男性と?」

シーローが道の凸凹で大きくバウンドした。バーを摑む手に力が籠った。あのときの日本人は、彼女と彼女の夫だったのだ。

「用心したほうがいいですよ。日本人社会狭いし。誰がどこで見てるかわからないから」

シーローがアパートに到着すると、女性は先に下りて運転手に運賃を払い、ロビーに入っていった。

冷や汗が背中を伝った。噂になったら困る。夫に惨めな思いをさせるわけにはいかない。彼女に続いて運賃を払い、ひとりエレベーターに乗った。

ドアに鍵を差し込むと、施錠がされていなかった。またスタッフがエアコンのことで入ったのだろうか。それならドアの外に彼らの靴があるはず。そう思って開けた玄関にあったのは、夫の靴だった。

「無事でよかった。心配した」

歩いてきた夫は考えるより先に身体が動いたという素早さでわたしを抱きしめたが、すんと息を吸って離れ、わたしの全身をまじまじと見つめた。何か言いかけるように口をひらき、何も言わず閉じた。

一人暮らしの不摂生とステイホームによる運動不足で太っただろうと予測していたのに、夫はむしろ痩せて引き締まり、実年齢よりずいぶん若く見えた。わたしも何も言わなかった。この空間に夫がいることが不思議だった。ソファにもダイニングテーブルにも夫はまったく馴染んでいなかった。

エアコンは新しいものに替わっていたが、床はところどころ躓(つまず)くほど浮いて、かびの範囲も広がっていた。

「エージェントから違うフロアに移るかって連絡があった」

「このアパートの、違うフロアってこと?」

「ああ、二十一階。家賃は特別に据え置きでいいって」

「そうしてもらえたらありがたいね」

何も考える気力がなかった。

「マレーシアの家、引き払ってきたんだ」

「そう」

「これから当分はバンコクのオフィスで仕事する」

「うん」

「なんだか、すごく濃い花の匂いがするな」

「女の子がくれたの」

夫に見せようと手に取ったジャスミンの花輪は、ここへ戻る道中何度も触れて香りをかいだせいか、茶色くなっていた。

花が萎れ、虫が舞い始めても、わたしは女の子がくれた花輪をなかなか捨てられなかった。


店に入ってきたわたしを見て、テオの顔がぱっと輝いた。直後、わたしの背後に立つかごを持った男性が夫であることに気づき、目を伏せた。わたしは夫と笑顔で会話し、商品を選んでいった。ソムオー、パッションフルーツ、エディブルフラワー、赤ワイン、ブリーチーズ、マヌカハニー。カードで支払った夫に、フィリピン人スタッフは「ありがとうございました」と日本語で言ってにっこり笑った。

コムローイ旅行は引っ越しを理由に断り、テオのお姉さんに会う約束も先延ばしにした。

雨季が明け、大気汚染で空のかすむ乾季がやってきた。

別れを告げるとテオは「それだけはやめてほしい。お願いだから」と言った。乞う、という表現を使った。考えなおしてほしい、お願いします、と何度も言い、わたしの意思が変わらないことを悟ると「そういう話なら聴きたくない」とメッセージのやりとりも通話も応じなくなった。

二十一階の新しい部屋のエアコンは静かで水漏れもせず、もちろん氷も降ってこず、ベランダから雨水が浸入してくることもなかった。

最後にテオに会ったのは、年が明けてすぐ。彼が働くスーパーに餅を買いにいったときだ。

店内に蛍の光が流れていた。

　テオは淋しそうに口角を上げて言った。

「旅行中ふたりで行ったスーパーで、実は、こんな日がくるような気がしてたんだ。ピーマリは主人との快適な生活を棄てられないだろうなって」

　その年の菜食週間も、わたしは肉を食べなかった。なんの肉も。日本への本帰国が決まったのは、それからさらに二年後のことだった。

ジャスミンの香りは、一度知ると忘れることができない。

赤いライトが点滅するビルとビルのあいだに、最後の一日がやってくる。タイを離れるまであと半日。幾種もの鳥の鳴き声が呼応し合う朱色の空を、網膜に焼き付ける。

あれから何度も、ふとしたときに街なかでジャスミンの香りが鼻をくすぐった。市場。バスのミラーに吊るされた花飾り。夫と泊まったホテルのアメニティ。

　母に関わる以外の理由で帰国したいと思ったことは一度もなかった。日本で生活することを考えると身がすくんだ。帰国すればこれができるという愉しみリストを作って、自分を奮い立たせた。美術館巡り。魚屋、花屋、本屋。お取り寄せ。温泉。リストが長くなるほど淋しさが募った。

　バンコク最後の夜、夫は「送別会に顔を出すけど一次会で帰る。ホテルの部屋でふたりで二次会をしよう」と言って出かけていった。その言葉を鵜呑みにしたわけではなかった。明け方になっても戻らない夫に腹が立つこともない。嫉妬や不安もない。もちろん絶望も。

この八年で夫が最も心をゆるした人を、わたしは知らない。逆も同じだ。テオと生きていくことはできなかった。けれど彼はわたしの世界に存在している。これからも存在し続ける。それは彼と生きていくこととほぼ同義ではないか。テオは日本の斎場に花を送れないけれど、わたしと同じようにわたしの大切な人の死を悼もうとしてくれた。ただ悲しいから、ただ理解したいから、一生懸命想像し、わたしの苦しみを共に感じる努力をしてくれた。そしてその感情をためらわず口にするテオだから、わたしは彼に心をゆるせたのかもしれない。あれこれ考えてしまうのは、今日が菜食週間の最終日だからか。

ふいに、黄金色の建物が視界に飛び込んでくる。

眼下に広がる川の向こうに見える寺。あれはテオと行った寺だ。その裏には、ポールがピザを売っていた市場がある。

そこへ行ってみようと思い立ったのは、ほんの気まぐれだった。時間にかなり余裕があったし、もう少しだけ、タイを身体に残したかった。

寺に参拝してきます。出発時刻に間に合うよう、余裕を持って帰ります。電話機横のメモに記し、出かける支度をした。夜の街を満喫し、部屋に戻ってきた夫は、朝帰りについて釈明せずに済んで安堵するだろう。そしてスワンナプーム空港の免税店で、罪悪感を薄めるための品をわたしに買い与えようとするだろう。

澄んで神々しい朝の道を、舟着き場に向かって歩く。箒で道を掃く音。木魚に似た音色で鳴く鳥。雨上がりの歩道のあちこちで、托鉢が行われている。裸足の僧侶の足許に、人々がひざまずく。台に並べられた白や黄色や赤の花輪。屋台でお粥やヌードルを食べる人たちの、愉し気な会話と湯気。食欲をそそる匂い。大通りを走るピックアップトラックの轟音、ゆれる鮮やかな葉っぱ。すべてが今日でさよなら。

舟に乗り、水しぶき避けのカーテンを手で下げながら、マングローブを見つめる。わたしはもう、この川の匂いを臭いとは感じない。

寺の前でタンブンセットを買い、境内に足を踏み入れた。こんがらがった電線の上で、鳥たちが鳴いている。祝福するようなメロディ。

あの日テオが教えてくれた手順を思い出しながら参拝を終え、石のベンチを過ぎ、寺の敷地を出た。

市場の奥に、大柄な金髪男性の背中が見えた。首の後ろに温泉マークに似たタトゥー。

「ポール」

緑色のアロハシャツを着たポールは振り向いて、うれしそうに眉を上げた。

「あれ、ずいぶん前にテオといっしょにいた人だよね？　元気？」

「うん。今日、本帰国するの」

「そうなんだ。まだ時間ある？　テオがあと一時間くらいで来ると思うんだけど」

心拍数が急激に上がったのを押し隠し、わたしは笑顔で首を横に振った。

ホテルに戻ると夫はいびきをかいて眠っていた。シャワーを浴びた形跡はない。そろそろ出発の支度をはじめなければならない時刻だ。

「起きて。飛行機に乗り遅れるよ」

肩を揺すると夫は目を閉じたまま笑顔になり、「肌がきれいだね」とタイ語で寝言を口にした。

気後れするほど華やかなスワンナプーム空港に着いたのは、離陸の二時間半前だった。夫は二時間前でいいと言い、わたしは三時間前が安心と主張したので、中間をとった。いろんな国の言語が耳に飛び込んでくる。安心する。正しくなくていいんだと思えるから。これからほぼすべての意味を理解できる日常がはじまるのだ。なんとなく、それは怖いことだと思った。

「ちょっとコンビニに行ってくる」

会社が用意してくれたビジネスクラスの航空券を手に夫が言ったのは、出発ロビーへ向かうエスカレーターの手前だった。

「いっしょに行く？　それとも待ってる？」

少し考えてわたしは、ここで待つと答えた。

椅子に腰かけ、息を吐いた。正面の椅子でバックパッカーのカップルが仮眠をとっている。その後ろを大家族がカートを押しながら全力疾走で通り過ぎた。人々のざわめき、アナウンス、革靴の音。

まだタイの匂い。でも乗って着いたらもう日本の匂い。当分かぐことのできない香りを、わたしは吸いこんだ。肺の奥までタイの空気が満ちた、その瞬間。

「ピーマリ」

鼻にかかった声に呼ばれた。条件反射で脳の一部がしびれた。

「ピーマリ」

身体が硬くこわばり、そちらを向くことができない。目の前に座る恋人たちが傾いだ。耳になじんだ足音が近づいてくる。ぷっくりとした足の指が視界に入った。

「ピーマリ」

すべてゆるされそうな、ゆがんだ熱気。ぐらぐら揺れる頭を持ち上げる。巨大な鬼の像を背に、少し痩せたテオがほほ笑んでいる。幸福そうに。悲しげに。

な－な－の国

アパートのロビーに、カシュッとシンハーを開ける音が響いた。

「旦那に抱いていたなけなしの愛は死んだ」

紗也子(さやこ)はシンハーをごくごく呑み、ガラステーブルに勢いよく置いた。かなり軽くなった音がした。

「そこで酒呑む人はじめて見た」

アパートに住み込みの修理工が笑いながら通り過ぎる。なんて？　と訊かれたので訳して伝える。無表情で紗也子は残りのシンハーを呑み干した。

「顔も声も影すら憎い」

紗也子が荒れているのは夫に性病を移されたから。しかも二度目。一度目はカンジダだったため夫由来とは言い切れなかったが、今回は尖圭コンジローマ。

「ゴムは？」

「つけない」

「なんで？」

「新婚のとき『夫婦なのにつけるの？』って言われて受け入れちゃったんだよね。でももうやめる。セックス自体やめる。一生あいつとはしない。妻とはノーセックスって女にLINE送ってたし。ハハッ、きみをいちばん愛してるだって。しかもパーサーカラオケだよ。だって」

タイ語はパーサータイ。日本語はパーサーイープン。タイ文字ではなく、ローマ字表記でタイ語の発音を記すのがパーサーカラオケ。主にタイ語初級クラスもしくはカラオケ嬢など夜の女の人とのやりとりに用いられる言語だ。存在は知っていたが、これなんて書いてあるのと紗也子からスクショが送られてくるまで目にする機会はなかった。

「とりあえず旦那が出張者からもらった貴重な獺祭を料理酒として使い切ってやった。超価高い角煮ができあがったけど、晶（あきら）ちゃん要る？」

ありがたく頂戴しますと頭を下げたとき、生ぬるい風とともに日本人女性が入ってきた。マリだ。我が家と同じフロアに住む彼女は、控えめな会釈をしてわたしたちの前を通り過ぎた。横顔が儚げな印象を与えるのは、鼻すじが細いからだろうか。

先週、チャオプラヤ川を渡る舟でマリを見かけた。わたしは紗也子や優美（ゆうみ）とマンダリンオリエンタルのアフタヌーンティを愉しんだ帰りで、マリは偶々（たまたま）隣に座ったらしき子連れのタイ人女性と何か喋っていた。

マリに子どもはいない。タイ人であるわたしの夫は初め、マリを日本人だと思っていなかった。単独行動を好み、荷物が少なく、用が済むとさっさとその場を離れるから。マリの自由な軽さにわたしは羨望すら抱くが、紗也子はそうではないらしい。

「あの人ちょっと苦手。あなたたちと違って私は群れなくても平気な駐妻なんです、つーん、って感じがして。旦那さんもほほ笑んでるんだか怒ってるんだかよくわかんない顔してるし」

マリとわたしはエレベーターでいっしょになったときに天気や安全情報の話をする程度の仲だ。ずいぶん前に連絡先を交換したけれど、個人的にやりとりしたことはない。

「あー早く日本に帰りたい。旦那に対する生涯消えない恨みリストがバンコクに来て以来増える一方」

「相手の女の人に腹は立たないの？」

「全然立たない。不思議だね〜」

「なんでかな」

「私を馬鹿にする意図とかないでしょ。本気で奴を好きでどうこうってことも考えづらいし。あーもう、何もかもあほらしい。こっちは退職してまでついてきたのに『紗也ちゃんは気楽でいいよね、オレ生まれ変わったらバンコクの駐妻になりたい』とか言われて。仕事辞めなきゃなんなかった苦しみなんて、想像したこともないんだろうね」

駐在員家庭というものは二つに分かれる。海外駐在によって結束を深める家庭と、修復不能なほど壊れてしまう家庭。後者の場合、その芽は日本にいた頃すでにあり、タイに暮らすことで崩壊のスピードが増すだけだ。

海を越えれば何かが変わると考える人は多い。そんなものは幻想だ。故郷を離れたって、人は同じことをぐるぐる悩み続ける。女癖男癖酒癖借金癖。二股三股性病。親との関係。子育て。自分の弱さ醜さ。変わるどころかむしろもともとあった問題が顕在化する。異国という根のない地で、これまで見て見ぬふりをしてきたことを直視せざるを得なくなるのだ。

「こないだのソンクラーン（旧正月）にサムイ島行ったときもさ、ホテルでルームサービスを取ろうって話になったの。私が家族全員の希望をとりまとめて予算や前後の食事との兼ね合いも考えて、頼むのはこれとこれって決めてメモして『電話係お願いします』って旦那に渡したんだよ。そしたら旦那、なんて言ったと思う？『電話係と、支払い係ね』だって。しんじらんないよね。働きたくても働けない駐妻に向かって。晶ちゃんとこは仲良しでいいよね。平日も夫婦でランチとかして」

夫の思惑が成功していると思うのはこういうときだ。

週に一度か二度、夫はわたしに流行りの店を予約するよう言う。職場からそう離れていない昼時のレストラン。人目がある限り、夫は紳士的でやさしい。その場に知り合いがいればもっとやさしい。運ばれてきた料理を撮り、妻あるいは夫婦の笑顔を撮り、インスタにのせる。近くにいる人に応じて会話はタイ語になったり英語になったりする。時折日本語も混じる。日本に駐在経験のある夫は、漢字も小二レベルまでなら読める。食事の間おいしいねとか家族の未来の話とかこんな仕事がやりたいとか前向きな話は一切出ない。わたしはひたすら夫の日本人社員に対する呪詛を聴き続けることになる。とにかくミスしないことだけを考えている管理職駐在員の話。タイにきてから「オカマも男もいけるようになった」現地採用男の話。高給取りの使えない高齢駐在員の話。夫は断言する。「日本の男は世界一話が通じない」。わたしにとって話の通じない最たる人物は夫だというのに。「まずとろい。何事にも時間がかかりすぎ。想像力ってものがない。決断力も権限もない。アメリカ香港マレーシア、どの国の奴と働いてもあんな脱力しない。まじでひどい。日本の男はいちばんくそ」。咀嚼した肉とともに呪詛がわたしの胃に落ちていき、巨大なごみ箱になった気分を味わう。

呑み干したシンハーの缶を振って紗也子は言った。

「うちの旦那人間ドックで引っかかって糖質制限はじめたんだよ。やっとちょっと痩せたのに、昨日はカレー三皿平らげたあと雪見だいふく食べて、さらにポテチ二袋開けたんだよ。そろそろ歯を磨いたらって言ったら激怒。じゃあオレはおまえの作った飯で満腹にならなかったら何食べたらいいの、ポテチ食べたらおまえになんか迷惑かかんのってものすっごい勢いで絡んでくるの。子どもかって！　ねえ、晶ちゃんの旦那さんはポテチとか食べないでしょ？　日々節制してそうなイメージ」

「うん。お米もパンも麺も一切摂らない」

炭水化物を摂らなくなって夫は痩せたが短気になった。まとまった睡眠もとれなくなった。

「ジムにも通ってるんだよね？」

「うん。美容系の何かも顔にやってる」

「だろうね。晶ちゃんの旦那さん、年々若返ってるもん。うちの旦那にも見習ってほしい」

紗也子の夫は紗也子と同じ三十代前半。ちょっとやんちゃな印象のある、話しやすい男だ。家族ぐるみで何度か流しそうめんやハロウィンパーティをした。

「家族を養うほど働くのは簡単じゃないし、並大抵のしんどさじゃないってことはわかってる。でも稼ぐことがそんなに偉いのかな。お金さえ出してれば責任を果たしてるって言えんのかな」

「養うことは上下関係をつくりがちだからね。働いてる俺の方が上って思うのかも」

「専業主婦はしんどいよ。バンコクで暮らすのは愉しいけど、カフェでコーヒー一杯のむにも謎の罪悪感がある。そういうの晶ちゃんにはないでしょ？」

仕事を持っているからという意味か、それとも駐妻ではないからか。

夫はわたしの文章仕事を軽視している。取るに足らない収入だから。娘の日本人学校や塾や習い事の書類をすべてわたしが担うことも、先生や保護者と交友関係を築くのも、妻がやって当然だと思っている。日本人だから。収入がほぼ無に等しいから。虚(むな)しい。夫への虚しさは降り積もる一方で減らない。

海外に嫁ぐなんて墓はどうするんだと母にさんざん嘆かれての国際結婚だった。

大学卒業後、東京の編集プロダクションで二年働き、過労からうつ状態になって退職した。失業手当をもらいながら転職活動をしているとき、前職で知り合ったタイ人女性と街で偶然再会した。彼女のつてでバンコクに飛び、日本人向けのフリーペーパーを発行する会社で働きはじめた。住まいは会社からバイタクで七分の風通しの良いアパート。キッチンと浴槽はないが、G階にプールとちいさなフィットネスルームがついていた。昼は屋台で麵やぶっかけ飯を食べ、夜は定時で上がって繁華街に繰り出した。バンコクで暮らし始めて間もなく、うつ症状が消えていることに気づいた。

三回目のソンクラーンを迎える頃、母から毎日電話がかかってくるようになった。いい加減帰ってきて結婚して。悲鳴交じりの懇願。帰った方がいいと同僚のタイ人女性に言われた。上司や友人にも諭された。帰って親を安心させてあげて。それからまたタイに来ればいい。僕たちはいつでも晶を歓迎するから。

帰国してすぐ、日本に駐在していた夫と出会った。飲み屋で意気投合して交際、婚約、とトントン拍子に話が進んだ。

二つ年下の夫は、それまでつきあったどんな男性より優しかった。荷物を全部持ってくれるのはもちろん、デート中水たまりや段差を発見するといちいち指さして教えてくれたし、わたしがシャワーを浴びているあいだに脱いだ服をたたみ、タオルや着替えを用意してくれた。ペディキュアを塗ってくれた。産後全部なくなった。

娘が三歳のときに夫に辞令が出て、家族でタイへ移り住むことになった。母は夫の前ではいい顔をしたけれど、わたしにはあんな衛生状態の悪い国に孫を連れていくなんてと猛反発した。夫も母の前ではにこにこしながら、わたしに対しては環境が変わることへのストレスをぶつけた。二人はよく似ている。他者との比較によって満たされるものに悦びをおぼえるところが特に。

　きらい、と振り絞るように紗也子が言った。

「ほんっとうに、きらい。これ以上きらいになれないと思っても、いくらでもきらいになれる。もう旦那のスリッパも枕も素手ではさわれない。洗濯物もとなりに干せない。やさしくできなくてつらい」

「きらいでもつらいなら修復の余地がありそうだけど」

「この恨みは何があろうと生涯消えないって確信できるのに？」

　高級車が一台、門の向こうに見えた。ヤーム（警備員）が居眠りしているせいで入ってこられない。運転手がプッとクラクションを鳴らす。少し長めにもう一度。ヤームが瞼をひらき、へらへら笑いながら立ち上がって門を開ける。このアパートで幾度となく目にした光景。

「あのプッていうクラクションがもうトラウマ。ひたすらスマホ握りしめて待つ夜を消したい。昨日の夜はウーバーイーツに成城石井を見つけてちょっと気分が上がって、日本に住んでたとき大好きだったスコーンまだあるかなって見てたら『配達エリアから離れすぎています』って表示されてさ。そんなことはわかってるんだよ。わかってるけど見たかったんだよ。悲しくなって諦めてYouTube観たり花を育てるアプリやったりして旦那は今どこで誰と何してんだろうって不安をごまかしてたらあの音が聴こえるの。プッて。あっ旦那が帰ってきたかもって門が見える窓までダッシュするでしょ、そしたらなんとそこに車はないんだよ。幻聴まできこえるようになったって私、相当きてない？」

それは愛ではと思うが口には出さない。夫が遅い夜、わたしはベッドに入る。きらいともつらいとも考えず瞼を閉じる。

「今日、朝起きてから何食べた？」

「プロセスチーズとソムオー。と、これ」

空になったシンハーを持ち上げて振る。

「お腹につめたいものしか入っていないと気持が沈むよ」

高級車の後部座席から出てきたのは、優美と彼女の夫だった。互いの目を見て笑い合いながら歩いてくる。紗也子がため息をついた。

「うちは朝からひとりで釣りだか何だかに行ったっていうのにね。晶ちゃんのところは？」

「知らない。気づいたらいなかった」

今日は二〇一九年五月一日。子どもは学校、夫は休み。年に一度のこの日をどう過ごすかでその家の夫婦関係がわかるといわれる、レイバーデイだ。

ロビーのドアから優美夫婦が入ってくる。優美の夫は紗也子の手の中にある缶ビールをちらりと見たが、すぐに当たり障りのない笑顔を浮かべた。

優美の夫と紗也子の夫は同じ会社に勤めている。優美の夫は管理職で、紗也子の夫は工場勤務。大企業で部門が違うのと、優美の夫の年齢がだいぶ上なこともあって、夫同士の交流はほぼないらしい。

「先に行ってるね、優美はごゆっくり」

優美の夫はそう言ってエレベーターの方へ歩いた。わたしの顔は一度も見なかった。

「調子悪い？」

優美が紗也子のとなりに腰を下ろした。

「うん絶不調。どこでデートしてきたの」

「デートっていうのかな。塾の月謝払ってランチ食べて食料品買ってきただけよ」

「こないだ優美ちゃんたちがトンロー通りを手繋いで歩いてんの見たよ。旦那さんとケンカとかするの？」

「一度もしたことない」

「まーじで言ってんの？　なんで？」

「忘れるのが得意だからかな。二人ともあんまり物事を深く考えないし」

「怪しい会食皆無？」

「うん。会食のときはいまこんなの食べてるって画像を家族ＬＩＮＥに送ってくる」

「色恋で揉めたことは？」

ないない、と優美は顔の前で手を振って笑った。

「お互いもてないってだけかも」

「カラオケは？」

「ほんとうは行きたくないんだけど、出張者がきたときは仕方なく連れてって、送り届けて自分は帰ってくる。とにかく早く寝たい人で、休日とか下手したら芙美(ふみ)より早くベッドに入るの」

紗也子がこめかみを押さえた。伝播するようにわたしのこめかみも痛みだす。

「芙美ちゃんもパパ大好きなんだろうね」

「うん。うちの主人、娘を叱ったことないから。私も父に叱られたことないんだけど」

紗也子が唐突に立ち上がった。

「ごめん、いま嫉妬でやなこと言っちゃいそうだった。ちょっと外の空気吸ってくる」

紗也子がエントランスに出ていく。優美が固い顔でわたしを見た。

「無神経だった。謝ってくる」

「大丈夫だよ」

「でも」

「いまはそっとしておいた方がいいかも」

「ぺらぺらつまらない自慢話しちゃって」

「いや、自慢には感じなかったよ」

優美をエレベーターまで見送ると、いま家に寄る時間はある？　と尋ねられた。

「シフォンケーキを焼いたんだけれど、我ながらおいしく仕上がったと思うから」

優美の口からは、わたしが生まれてこの方口にしたことのない言葉が次々飛び出す。

「さっき塾の先生たちにも差し入れしたの」

「ごめん、すごくありがたいんだけど、愛子ナッツと乳製品食べられないから」

ふわふわした甘いものにはたいていバターや牛乳が入っている。小六になってからは、そういうの食べられなくてよかった、太るもん、と言うようになった。

「そうだった。こちらこそごめん。前にも聴いたのにね。ほんと忘れっぽくて厭になる」

「ワットさんにあげたら？」

優美の夫の運転手の名を出すと彼女は苦笑して、だめなのよ、と首を振った。

「ワットさんは肥満を気にしてランニングをはじめたんだけど、膝を壊してさらに太っちゃったから。そうだ晶ちゃん、こないだの記事読んだよ。あのデモの。語学学校の先生が自分の上着をめくってその下に着てるTシャツの色をこっそり見せたって話。面白かった」

「ありがとう。王室のこととかは歯切れの悪い感じになっちゃったけど」

「それは仕方ないよね。晶ちゃんが逮捕されたら困っちゃう」

編集プロダクション時代の知り合いから記事を書かないかと声をかけてもらったのは五年前。以来タイ人夫を持つ日本人妻の視点で、タイのニュースや人や食べものについて書いている。収入は月に数万円。

「ランキング一位になってたね。自分のことみたいに誇らしかった。もっとたくさん書いてよ」

できるものならそうしたい。けれど同時にそんなことが自分にできるはずがないとも思っている。

上品な笑顔が扉の向こうに消えてから、ロビーへ戻り外に出た。

紗也子は門のそばの噴水に腰掛けていた。

「なにがうらやましいってさ、夫婦が互いに何も疑わず笑って平穏に暮らせてるってことだよ。それって子どもにもすごくいい影響を及ぼすよね。時々大和(やまと)に申し訳なくなるんだよ。こんな親でごめんねって。旦那に何言われても反射的に疑うようになっちゃってる自分も厭だ。あー、男の人にやさしくされたい。私やさしさに飢えてる。どうでもいいことを話せる異性がほしい。他愛もないこと話して笑ったりへーって言ったりしたい。晶ちゃんはそういう男友だちいる？」

「いない」

「現採のときの知り合いとかは？」

「結婚してから誰とも連絡とってない」

夫の不貞を知った妻の感情の矛先は四つある。夫、夫の相手、別の男、自分。自分へ向かうにも二種類あり、どこまでも負の闇に落ちていく場合と、筋トレや勉強などに励み夫抜きの人生にシフトしていく場合。どれがもっとも終極に突き進む道だろう。

日本人学校のバスが入ってきた。大和や芙美に続いて、最後に下りてきた愛子の頭に寝ぐせがついている。

紗也子がその話を切り出したのは、渋滞の酷さと空腹を訴えながら愛子がロビーに入っていった後だった。

「じつは晶ちゃんにいっしょに行ってほしい秘密の場所があるんだ」

日本人同士の合コン。タイ人やファラン（欧米人）のナンパ待ち。それとも探偵事務所か。紗也子の口から飛び出したのは、わたしの予想したどれとも違った。

「ナーナーにね、女の人向けのそういうお店ができたんだって」

「そういう」

「男の人を買うお店」

「ゴーゴーボーイってこと？」

「ちがう。ショーみたいなのはなくて、ほんとに、ただ純粋に男の人を選ぶお店」

「純粋の使い方がおかしい気がするけど。基本的に男性客を対象としたお店なんじゃない？　バイセクシャルのよく知らない人とするのはハイリスクって、昔ＨＩＶの検査受けたとき医師に言われたよ」

ゴムをつけない紗也子は特に、と心のなかで付け足す。

紗也子がわたしを見つめて言った。

「男はこない」

「日本人駐妻専用の店なんだって」

紗也子の尖圭コンジローマが完治し、性交渉を持って構わないと医師からお墨付きをもらうのを待って、わたしたちはその店を目指した。

ナーナー駅でＢＴＳ（高架鉄道）を降り、スクンビットプラザ側の階段を下ると、線路と垂直に偶数の数字のついたソイ（小道）が並んでいる。そのひとつに入り、でこぼこの道を並んで歩いた。男もすなる風俗遊びというものを、という言葉が頭に浮かぶ。

「うちの旦那のパーサーカラオケだださLINE、晶ちゃんに訳してもらったじゃん？　全部解読してさ、内容はもちろんなんだけど、ボキャブラリーの貧しさにも呆れたんだよね。こいつまじでセックスしたいに繫がるタイ語と、仕事に関するタイ語以外なんも知らないいんだなって」

このひと月で紗也子のタイ語は飛躍的に上達した。怒りを燃料に語学を習得する人もいるのだ。

「特に感情を表す言葉。悲しい、淋しい、切ない、苦しい、ぜんぜん出てこなかったよね。あ、恋しいはあったか」

ははと笑ったあとで紗也子は、仕事に感情は必要ないのかなとつぶやいた。

剝いて何時間も経った果物の皮の臭いが漂う灼熱の道を、わたしたちは慎重に進んだ。

「このソイっていうのが絶妙だよね。プロンポンやトンローほど日本人は多くなくて、でもスクンビットを離れると自力で辿り着けない奥さんもいそうだし」

「そのことだけど、駐妻じゃないわたしも行っていいのかな」

「うん、日本人の女の人だったら大丈夫みたい」

夜になれば頰やふくらはぎの毛穴から性欲の脂を漲（みなぎ）らせた男たちが闊歩しているであろうこの道も、午前十時半現在、視界に入るのは一匹の野良犬と二人の中東系男、それからアフリカ系の立ちんぼのみだ。

「万が一晶ちゃんの旦那さんの知り合いとかに見られたら、私全力で庇うから」

「大丈夫じゃないかな。帰国直前の駐妻をゴーゴーボーイにアテンドしたことあるけど、そのときもわたしが男の人を買うんじゃないかって疑われたりはしなかったから。最終手段、取材もあるし」

「その駐妻、買ったの？」

「買わなかった。ショー観てテーブルに呼んでいっしょに呑んだだけ」

夫との関係は絶望の最後の段階にきている。

何かを見ていっしょに笑うということがない。まず目が合わない。聞き取れなくても聞き返さない。大事な用件だったらもう一度言うだろうと思っている。

話の通じなさが致命的。いっしょに暮らす人と通じ合えないことがここまでの虚無を引き起こすなんて知らなかった。なぜ通じないのか。母語の違いは関係ないと思う。だって出産前は通じていた。ということは変わったのはわたしで、あの頃はこうじゃなかったと思っている度合いは夫の方が大きいのかもしれない。出会った頃の互いの良さがうしなわれて別人のようだとして、それでもいっしょにいる意味はあるのだろうか。

「あ、ここ」

韓国料理店の前で紗也子が足を止めた。入店すると、薄暗い店の真ん中に大柄な中年女性が立っていた。わたしたちの全身に視線を走らせ、顎で奥を示す。裏口を抜けると、さらに細い路地に出た。

べちゃべちゃと浅い水溜まりを踏みながら進んだ。空はほぼ見えない。毛羽立ちの酷い、黒ずんだタオルが熱風にはためいている。タイの水は硬水だから、白い洗濯物が白く仕上がらないのだ。そうだ、柔軟剤を買って帰らなくては。思い出してスマホにメモしていると紗也子が止まった。縦長の旧い雑居ビルを同時に見上げる。ちゃちな作りのドアノブを捻(ひね)り、中に入った。

埃と汗の臭い。音も手すりもない階段を上る。二階には駐車場のようながらんとした空間が広がっていた。柱の陰に暴漢が潜んでいてもわからないほど暗い。三階に上がると重厚な木のドアがあった。ドアノブは見当たらない。紗也子が奇妙な節のノックをすると、ドアの向こうに人の気配がして、たっぷり数十秒待たされたあと、スライドしてひらいた。

目が慣れるまでその場に立っていた。コンクリートの床。正面は全面窓だが、スモークがかかっている。右はコンクリートの壁。左も壁。進める道は左後方にかすかにあるのみだ。

紗也子が私の手を取った。ゆっくり歩き出す。紗也子の手は高揚しているせいか熱い。天井から丸い間接照明がぶら下がっている。この国の人は間接照明が好きだ。読書しづらかろうが、何かに躓く危険があろうが、洒落た場所はどこもかしこも薄暗い。

バーカウンターのなかに、蝶ネクタイをした背の高い中華系タイ人が立っていた。モデルでもやっていそうな細さだ。目が合うと彼はシンメトリーな笑顔を見せた。さらに進んでいくと、右手にコの字型のベルベットのソファがあった。十五人は座れそうな席の角に腰を下ろすと、たじろぐくらい沈んだ。ガラステーブルの隅に銀色のベルが置いてある。その隣には「写真撮影とSNSへの書き込みは禁止です」と日本語で書かれた紙。ドリンクメニューを見てベルを鳴らすと、暗闇の向こうからぺたぺたと足音が近づいてきた。現れた女性は妊婦だった。ビールをふたつ頼み、彼女が去った瞬間、ジーと音がして緞帳のようなカーテンがひらいた。

「うわ、すご……」

ガラス一枚隔てた向こう、ひな壇に、上半身裸の若い男たちがずらりと並んでいる。三段合わせて四十人弱。全員、白いブリーフを穿いている。背筋を伸ばしてぼんやりしている一重まぶた色白の青年。退屈そうにスマホを弄ぶ(もてあそぶ)愛嬌のある顔立ちの男。隣の子とお喋りするツーブロック。左、正面、右、と順に決め顔を見せていく者もいる。よく見ると若くなさそうな男も数名いたが、みな引き締まった身体つきで、清潔感があった。

運ばれてきた氷入りビールを呑む。紗也子とわたしはひな壇を右側から見ていた。全員の顔が満遍なく見えるようにはなっているが、男たちの左側は窺えない。どうやら、彼らを左側から見る女も、正面から見る女もいるようだった。正面と右手に、ここと似た大きな窓があった。スモークがかかっているため見えないが、確実にそこに人がいるという気配がした。この店を管理するトップは、全方位の視線を気にする必要がある、狭い日本人社会のややこしさを熟知しているらしい。

ぎょっとするほど若い男の子がいた。見間違いかと思ってよく見ると、若いを通り越して幼かった。十二歳前後。愛子と変わらない年齢の男の子が、パンツ一枚で買われるのを待っている。

「決めた」と紗也子が言った。「私、一段目の奥から三人目の子にする」

二十代前半と思しき、眉骨のせり出した若者。浅黒い肌と筋肉質な腕。

「晶ちゃんはどの子がタイプ？」

「うーん……、一番上の段の、手前から二人目の人かな」

「へえーっ。被んないね。私たち同じクラスにいても大丈夫だったね。じゃあこれ鳴らすよ」

「わたしまだ、もう少し考える」

「そっか。じゃあ時間ないから、私先に出るね」

紗也子が銀のベルを鳴らした。

「ちゃんとゴムつけるんだよ」

「いやあ、さすがにそこまでは」

「わかった。じゃあ万が一、そこまで至ったらつけてね」

「はいはい」

カーテンの奥から現れた妊婦の、ワンピースの腹部に安全ピンが留めてあった。お腹に赤ちゃんがいますよというしるしだ。無事出産までお腹に留まりますようにという願いも込められているらしい。彼女に金を払うと紗也子はどこかふわふわした足取りで出ていった。ガラス窓の中で、紗也子が買った男の子が腰を上げた。その顔には何の表情も浮かんでいない。

数分後、わたしは用事を思い出したと女性に告げ、チップを渡してその建物を出た。


ナーナー駅の階段を上り、通路を歩き、そのまま階段を下りて今度は奇数の数字のついたソイが並ぶ通りに出る。熱気でゆらめく路地に、法で定められた時間外にも酒を出す呑み屋や、シルバーアクセサリーの店、シーシャ(水煙草)バーなどが並んでいる。この国にはこんなにも太陽が降り注ぐのに、自分ひとりだけ暗い場所にいる気がする。

太ったミミズのような虫を踏みそうになって慌てて避けた。ふっと笑う声に顔を上げると、緑色のアロハシャツを着たファランがビアハウスの壁にもたれ、こちらを見ている。

「何かあったの？」

ファランの話すタイ語はメロディアスで軽い。鮮やかな色合いのシャツから覗くほわほわした胸毛。金髪の人はグリーンを上手に着こなす。金色と緑色は相性がいいのだろうか。

「僕で良かったら話して。そんな顔して歩いてたら心配になるよ」

「そんな顔？」

「メランコリー。すごく悲しそう。ちゃんと眠れてる？」

「あまり」

「どこの国の人？　香港？　韓国？」

「日本」

「へえ、意外。英語も話せる？」

「概ね（おおむね）」

「ああ、よく見たら、悲しみじゃないね」彼は英語に切り替えて言った。「いちばん大きいのは虚無だ。きみはいま物凄く虚しいんだ」

通りすがりの男が一分で見抜くことを、十四年いっしょにいる夫は気づかない。

「子どもはいる？」

「うん」

「いくつ？」

「十二歳」

そう。何か考えるように左に遣った視線がまた戻ってくる。

「連絡先交換しようよ」

「携帯持ってないの」

「携帯持ってないミーンズ僕のこと嫌いってことだよ。もし時間があるなら、そこのシーシャバーで少しおしゃべりしない？　喫ったことある？」

「ない」

「じゃあ行こう。人間は日々新しい経験を積むべきなんだよ。最新の研究結果なんだけどね、不眠症の人は旅先で熟睡できる傾向があるんだって」

「旅先ではふだんより、よく歩いたり食べたりするからじゃないの」

「それもあるだろうけど、僕はこう思うよ。いつもと違う場所で違う経験をするからだって」

一理あると思った。タイでも日本でも、未知の場所を訪れたり初対面の人と会話を愉しんだ夜はぐっすり眠れた。

「どう転んでも虚しいなら、新鮮で正直なほうがいいよ」

どこか浮世離れした男の言葉は、妙にわたしの腑に落ちた。

タイに暮らしていると、時々こういうことがあった。外国人として生活する者同士、母国にいるときより軽く浅い繋がりを得やすいのかもしれない。緊張も深い思索も必要なく、現実逃避できる会話。人生で数分だけの交わりは気楽で、癒されるものだ。

「あ、少し表情が明るくなったね。よかった。シーシャも連絡先も無理にとは言わないよ。きみとはまたどこかでばったり会えるような気がするし。とりあえず僕の電話番号渡しておくね」

彼は何かの紙にペンを走らせ、折りたたみ、すてないでねと笑いながらわたしに握らせた。

「虚しいとき、淋しくて誰かと話したいとき、僕を思い出して電話して。時間も都合も考える必要ないからね。何時でもいい、僕はいつでもきみの話を聴く。聴かせてほしい」

彼はポールと名乗った。

語尾になーなーとつけて男客を惹く女たちの声が重なる路地を、振り返らずに歩いた。角を二度曲がり、周囲を確認してからバイタクの運転手に声をかけた。オレンジ色のベストを着たこの男が、わたしをわたしの心に風を通す場所へ運んでくれる。

駐在員御用達のきらびやかな大病院を過ぎ、センセープ運河を越える。ほろ酔いで乗るバイタクの心地好さは、一時帰国中に恋しく思うタイ生活の上位に入る。特に真夏や真冬の日本滞在時は、ああこの直線を、バイタクがあれば一瞬で、しかも五十円程度で行ってくれるのにと思う。

細い裏道を百メートルほど進んだところで停めてもらい、言われた金額を支払った。セブンイレブンに入り、瓶ビール二本と水と氷を手にレジへ向かう。カウンターのすぐ横に、潤滑剤やコンドームが並んでいる。直径大きめのdurex青を手に取り会計を済ませた。

セブンイレブンを出てバナナの木の下をくぐると、バミー屋台に裕介(ゆうすけ)の背中が見えた。

「おいしそうなもの食べてるね」

声をかけると彼はスマホの画面を暗転させ、びっくりしたーと笑って振り返った。いま目にしたものに対する動揺を、わたしはうまく隠せているだろうか。

「めずらしいね、晶ちゃんが連絡なしでくるなんて」

「ごめん。どうしても会いたくなったの」

「お、そんなこと言うのもめずらしい。なんかあった?」

「ないこともない、けど都合悪かったら出直す」

「悪いわけないでしょ、うれしいよ。ちょっと待っててね。食べちゃうから。あ、食べたい?」

二つ年上の裕介は、去年の七月まで経営者だった。日本料理店を三つ持っていた。すべて潰れていまは知り合いの沖縄居酒屋でバイトのようなことをしている。日本にいた頃は空手の選手だったらしい。ケガで引退し、タイにやってきた。経営者時代は週に一度、孤児院で空手を教えていた。

出会いは去年の十一月。愛子と入った沖縄居酒屋で、両肩を上げ、一歩一歩踏みしめるようにあるく裕介から目が離せなくなった。筋肉が邪魔しているような動きは、緩慢にも鷹揚にも見えた。堂々としていながら神経質そうでもあった。横目や注視が何度も激突した。向けてくる眼差しの欲の濃度は重く、ほかの女では駄目なのだと勘違いさせる熱があった。視線の絡まりがあまりにも長く強いゆえに、印象を植えつけられてしまった。帰り際軽く会釈してきた眼差しの角度を、何度も取り出して愉しんだ。

翌週再び訪れたとき、裕介はわたしたちのテーブルに来て、店のＬＩＮＥを登録してくださいと言った。数時間後、彼個人のＬＩＮＥから申請がきた。

裕介の毎日はランニングと筋トレと料理でできているようだった。彼をまねて市場で買った食材でタイ料理を作ってみた。愛子はおいしいと喜んで食べてくれたが夫は厭そうな顔をした。おいしくない。慣れないことはするな。料理も掃除もメードバーンに任せろ。どうしても作ってみたいなら、料理上手な俺の母親に習えばいい。

年末年始のウィーン旅行から戻ると、真っ先に裕介に連絡した。

「話したいことがあるので、近いうちに会えませんか」

「すみません、いまちょっと立て込んでて」

やんわり断られたのだと落胆したが、猫のことでばたばたしているという。協力できることがあればやりますと申し出たら、消毒液を買ってきてほしいと頼まれた。意味もわからぬまま薬局に寄り、教えられたナーナーのアパートに向かった。

二階にある彼の部屋に入ってすぐの場所に寝かされた黒と白のハチワレ猫は瀕死だった。事故に遭ったのかほかの動物に襲われたのか、血まみれの脇腹に虫が湧いていた。それをピンセットで一匹ずつ取り除く裕介を手伝った。

最低限の処置を終えると裕介は方々に電話をかけ、猫を預かってくれる寺を見つけて送り届けた。餌や薬代として、自分の財布に入っていた紙幣をすべて僧侶に渡した。それからわたしたちは裕介のアパートに戻り、乾きはじめた血の臭いのなかで、靴を脱ぐなり服も脱いだ。

彼のやり方はサディスティックなのに行為中ほとんど喋らないのが良かった。きれいに固められた髪の毛をくずしてしまわないよう、そっとさわった。一般人離れしたトレーニングを積んだ男の尻は、感動をおぼえるほどうつくしいものだと知った。

「話したいことってなんだったんですか」

「確かめたくて」

「なにを」

「どうしてこんなに毎日裕介さんのことを考えてしまうのか」

ウィーン国立歌劇場でオペラを聴いているときも、シュニッツェルを食べながらビールを呑んでいるときも、裕介のことが片時も頭から離れなかった。

「俺、そんな大したもんじゃないすよ」

「その声も、目も匂いも味もびりびりくる。猫だってたすけるし」

「そんなの稼ぎには何の役にも立たないけど」

ウィーンの街角にあった体重計。無花果(いちじく)とクリームチーズが挟まれた黒パン。クリムトの「接吻」。バミー屋台で裕介が見ていたのは、わたしの夫のインスタだった。頰を寄せてピースサインする夫とわたし。

「スクンビットに日本人駐妻専用の風俗店があるの知ってる？」

バミー屋台を出て裕介の家に向かいながら尋ねると、彼は数秒黙って、首を振った。

「知らないけど、まあ、あるだろうね」

「驚かないんだ」

「もう驚くようなことって、この世界のどこにもない気がする」

「そこに十二歳くらいの男の子がいても？」

「それは怖ろしいな」

遅かれ早かれあの店は消えるだろう。いくらSNS禁止と書いてあってもそれを守る駐妻ばかりではないだろうし、妻の異変を察知した夫が大使館や日本人会に通報するかもしれない。恥さらし、日本人の品格を下げるような行為は慎めと叫ぶ者が続出するだろう。

「通報するつもりなんだけど、警察でいいと思う？」

　再び無言で考えたあと、彼はいくつかの手段を提案してくれた。

「するなら確実に身元がばれない方法で。慎重に、よく考えて」

　うん、とうなずいてわたしは裕介に自分の掌を閉じたり開いたりして見せた。その手を彼が黙って握る。

「ねえ、もしもあなたが女の人を買うお店に行って、十二歳くらいの子がいたらどうする？」

「晶ちゃんと同じようにするよ」

　一呼吸置いて、彼は答えた。裕介の声は肉体の深いところから出てきている感じがする。心地好い間に続いて発せられる、ていねいな言葉。それは反射的でも予定調和でもない、コミュニケーションだ。満ち足りた感情が身体の隅まで行き渡る。同じ質問を夫にしたら、まず向けられるのは前提に対する不快感。警戒。次に疑念と保身。最後は逃げるようにその場から立ち去るだろう。

「そういえば去年の八月、バックパックでアジアと中東回ってるとき、この国には処女とすると長生きできるって言い伝えがあるって言ってる男がいたな。童貞も同じなのかな」

「やめて」

「あれどこの国だったっけ。児童買春のじじいたちが宿の屋上で葉っぱ喫いながら買った幼女の話してて地獄だった」

「最悪。吐きそう」

「恋人同士だったのに引き離されたってほざいているじじいもいたよ。そうだ、その宿の近くのスラムで俺財布すられたんだ」

安宿街を駆け回り必死に捜していると、あるガイドが声をかけてきた。おれは犯人を知っている。その言葉を信じた裕介は、ガイドといっしょに泥と鼠と掘っ立て小屋の迷路のなかに入っていった。

「石油ランプと蠟燭の灯りのなかで髭の男たちが密造酒を呑んでた。途中からさらにガイドの親戚って奴がひとり加わって、三人で湿った漆黒の夜のさらに奥深くに進んだ。もうその頃には、自分がどこにいるのかまったくわからなかったよ。ここで俺の人生終わるのかなって思った。それならそれでいいっていうか、むしろ死んだ方が楽かもって」

「そんな危険を冒してまで財布を捜したのは、カードとかの手続きが面倒だったから?」

「いや、娘が描いてくれた俺の似顔絵が入ってたから」

裕介がシャワーを浴びているあいだに、前回ここで途中まで読んだ文庫本を捜した。本棚には日本語のビジネス書が並び、ところどころ彼の妻のものらしきタイの女性雑誌や、子どもの本が紛れている。捜す場所がなくなって、ベッドの下ではと思い至った。以前そこから本を取り出してくれたことがあったのだ。

そしてわたしはそれを発見した。

恐る恐る触れてみる。摑んで、持ち上げる。ずっしり重い。ドライヤーの音がやんだ。

「何のためにこんなものを持ってるの」

バスルームから出てきた裕介は、わたしの手の中の拳銃を見て、一度咳ばらいをした。

「貸して。あぶないから」

分厚い掌が差し出される。

「答えてくれたら返す」

「自衛」

「暴発したらどうするの」

「しないよ。はいちょうだい」

長い指が拳銃を摑み上げる。重みが消えた。

「どこで手に入れたの」

「店のお客さんにそういうのに詳しいファランがいて」

銃を構える裕介の姿が浮かんだ。銃口が向く先にいるのはわたしの夫。逃げ惑う夫の背中に弾丸が飛んでいく。

「いい機会だから、晶ちゃんの言う通り改めて暴発対策をしておこうかな。タイで変死するのだけは避けたいし」

「どうして？」

「死体の写真が出回るでしょう」

確かにと苦笑する。現採時代、ニュース番組に遺体が映ったときはびっくりした。焼死体、水死体、腐乱バラバラ、なんでも放送された。新聞や雑誌には爆弾で首が吹っ飛んだ遺体や、加害者と被害者の住所が番地まで掲載されていた。あの住所にはいったい何の目的があったのだろう。徐々に規制されていったが、ほんの数年前までは大手新聞にも遺体写真が載っていた。いまもちょっと油断してネットニュースを読んでいると、凄惨な殺人現場を目にする羽目になる。

裕介が拳銃をベッドの下に仕舞い、着たばかりのTシャツを脱いだ。筋肉の上に薄く贅肉がのった、絶妙な体軀。彼は durex 青のパッケージをぺりぺりと剝がし、コンドームを一つベッドサイドに置いた。

裕介がそれを装着しているときまで拳銃にあった意識は、腰を摑んで揺すぶられた瞬間散り、奥を一突きされるごとに遠のいた。

彼とわたしのあいだに未来の話は出ない。裕介の存在を知ったら夫は即弁護士を雇うだろう。そしてわたしは身ひとつでバンコクの夜空の下に放り出される。

明け方コーヒーを飲みながら裕介のインスタを見ていたら、ガシャンガシャンと門を激しく揺さぶる音がした。カーテンを開けて覗くと、髪を振り乱した紗也子がヤームに罵声を飛ばしている。パンダ目。昨日の午前中ナーナーで会ったときと同じワンピースだ。ヤームはいつものようにパイプ椅子に座ったまま天を仰いで大欠をかいている。

ショールを羽織りエレベーターに乗ったとき、裕介からＬＩＮＥが届いた。昨日のお礼と、ハチワレ猫が石に躓いているスタンプ。

はじめて彼の部屋でセックスした帰り道、わたしは隆起したアスファルトに躓いてしまった。すんでのところで裕介が腕を摑んで掬い上げてくれたから転ばずに済んだが、彼はずっと愉快そうに笑っていた。以来、このスタンプは二人のあいだで、性的なニュアンスを含んだ愛情表現を意味するとき使われるようになった。

「猛者奥さんって言葉がぴったり」

門の手前で声をかけると紗也子はえへへと肩をすくめ、「もさって何?」と訊いてきた。

エレベーターに乗ると酒の臭いが鼻をついた。酒以外の何かも臭う。

「お弁当作れる? よかったらわたし大和くんの分も用意するよ。アムさんの作り置き入れるだけだけど」

メーバーンの名を出すと紗也子はありがと、とにっこり笑った。

「でも大丈夫、サンドイッチ作ってから寝る」

「酸っぱいチョコレートみたいな臭いがする」

「そう?」

紗也子は自分の髪を鼻に当てて嗅ぎ、あの子変な錠剤持ってたんだよ、と言った。

「ピンク色の。ヤーバーって言ってたけど」

「それたぶん覚醒剤。夫の弟がはまっちゃってやめられないの」

そのことで夫の家族はよく揉めている。借金の肩代わりをしてやる義母と、末っ子に甘いと激怒しつつ隠蔽に必死の義父。どっちつかずの夫。一刻も早く帰りたいわたし。

「タイ人の姑ってどんな感じ？」

「頭の高さが富の象徴みたいな髪型してる」

なにそれと笑ったあと紗也子は、今日二人でお茶しない？　と小首を傾げた。

「やさしくされたい欲が満たされた」

昼下がり、トンロー通りのスタバで紗也子は、満足のため息を吐いた。

「夜の女の人に甘えられて鼻の下伸ばすおっさんをきもいと思ってた。それ全部お金のため、仕事ですからって完全にバカにしてた。でも、笑顔や甘い言葉が、お金を払ってでもほしいときってあるんだね。好みの顔の男の人に見つめられて手を握られて、やさしく話しかけてもらう、褒めてもらう、そのパワーってすごいよ。明日も頑張ろう、人にやさしくしようって思えるんだもん。旦那に労いの言葉だってかけられる。ずっと億劫で手をつけられなかった書類作業も終わらせられた。あの子たちは世界平和に貢献してる」

「そんな壮大な結論に到達するなんて、あのお店に行く前は思いもしなかったね」

「いじわる言わないで」

「旦那さん、怒ってなかった？」

「怒る資格ないでしょ。あー早く彼に会いたい」

「それはホルモンの仕業」

「何?」

「肌を合わせたことによってオキシトシンが出て、それを愛と勘違いしてるの」

「また晶ちゃんが難しいこと言ってる。そういう経験あるの?」

「ない」

「ほんとかな。晶ちゃん自分のこと全然話さないから」

確かにわたしは話さない。これまで生きてきた中で、話してよかったが五だとすると、話さなければよかったは九十五だから。

「タイ人と浮気する駐妻の話もさ、時々見聞きするけど、怖くないのかなあって思ってた。どんなに気をつけてたってやっぱこの国で日本人は目立っちゃうし。でもいざこうなってみたら、怖いとか、ないんだってわかったよ。そういう感情はどっかいっちゃうものなんだね」

それから紗也子は、あの男の子がしてくれたうれしいことを隅々まで昂奮気味に語った。クーラーの温度を気にかけてくれた、煙草となんかエロい匂いがした、指が魔法みたいだった。

「ちゃんとつけた?」

「それが、やってないんだよ。入れる以外のことはたいていやったけど。ねえ、挿入なしの風俗と挿入ありの不倫、どっちが性病のリスク高いんだろうね。ああ、シナモンロールを食べても彼の煙草のあじが消えない」

韓国人男子二人組に声をかけられたのは、そろそろ出ようと腰を浮かせたときだった。観光で来たのだがタイ語ができなくて苦労している、お姉さんたち半日でいいからいっしょに回ってくれないか。おそらく二十代後半。重めの前髪から覗く、甘え上手なのにどこか見下すような瞳。爽やかなボディミストが香り、感じのいい二人だったが、スクールバスの到着時間を理由に断った。じゃあ少しだけお話ししましょうとほほ笑まれ、再び腰を下ろした。

四人中三人は英語で意思疎通ができた。わたしが彼らの言葉を日本語に訳す度、ウケる、と紗也子が手を叩いた。あまりにもウケるを連発するので、男の子の一人が「ホワッダズイッミーン」と訊いてきた。すかさず紗也子が「ホワッダズイッミーンてどういう意味」と訊いてくる。どういう意味っていう意味だよと答えると紗也子は爆笑し、爆笑の訳を彼らに説明すると、また笑いが起きた。まどろっこしさが心地好かった。こうやってずっと無駄と伝わらなさを面白がって生きていけたらいいのにと、夫に対するのと真逆のことを思った。

紗也子は例の店の常連になった。彼不在の一度を除いて、毎回同じ人を買った。二十二歳の、なーなー甘えてくる男の子。

彼はタイ人ではなかった。

「山岳地帯にある少数民族の村で育ったんだって。反政府勢力に少年兵として入隊してたこともあるって」

仲間が死ぬのを見たし、自分も敵を撃った。とても正気ではそんな任務をこなせなかった。

父親は地雷を踏んで死んだ。母親は目の前で撃たれて死んだ。

「あまりに現実離れしてて何も言えなかった」

彼と紗也子のあいだに横たわるのは非日常。未知の部分ばかりで持続性がなく、生活を共にしない。恋の燃える条件が揃っている。いつもの場所でバイタクを拾い、裕介の家へ向かいながら、紗也子からぽんぽん届くＬＩＮＥを読んだ。

「除隊したあとタイに入って、バンコクまで出てきて、しばらくファランの愛人をやってたんだって。おじいさんみたいな人と同棲して」

あるとき酩酊したそのファランが、セックス後コップに男性器を入れて洗った。彼が両親の遺影に供えていた水だった。我をうしなった彼は激怒、暴れ、家を追い出された。着の身着のまま、サタン硬貨すら持たずに。しばらくのあいだ路上生活者だった。

「食料はバナナの茎、寝床はバナナの葉っぱだったっていうんだよ。しんじられる？　ほんの数年前の話なんだよ。笑いごとじゃないと思うけど笑っちゃうの。彼もいっしょになって笑うんだけどね」

「いま彼は一人暮らし？」

「ううん、親戚のおじさんと、その息子といっしょに住んでる」

「家はどの辺？」

「どぶ川の中州」

バナナの茎で命を繋いだ彼の日常は、紗也子の夫の日常と決して交錯しない。わたしの夫やその家族とも。

同じ国にいても交わらない人間がいる。この国には富裕層のためのレストランや乗り物、美容院、病院、デパート、ホテルがあり、それらを中流層や低所得者層の人間が利用することはほぼない。バイタクでセンセープ運河を越え、裕介の家を目指しながら、日本で暮らしている頃はまったく考えもしなかった階級というものについて思いを巡らす。

ドアが人ひとり分ひらく間すら待てず、裕介はわたしを部屋に引きずり込む。

わたしが買ってきたタイ料理のお惣菜とラオスのビール、ハーゲンダッツのモカ味。それらをテーブルに置いて、裕介が財布をひらく。

「いいよ、要らない。それより奥さん急に帰ってきたりしない？」

「しない。もう何か月も会ってないし」

「会ったらするの？」

「しないよ。たぶん地元の男とつきあってる。あれ、もしかして晶ちゃん、嫉妬してくれてるの」

「ううん。するくらい仲良しなら怖いなって思っただけ」

世界で最も敵に回してはいけないのはタイ人女性だと思う。現採時代、タイ人の同僚や友人が「彼氏が浮気したらあそこをちょん切ってみじん切りにしてチャーハンに入れて本人に食べさせる。相手の女もただじゃおかない」と真顔で言っているのを何度聴いただろう。ばれたらわたしもみじん切りにされるのだろうか。

胴に巻きつく逞しい腕からすり抜け窓辺に立つと、青空床屋で頭を刈られている男の子が見えた。

「あなたの妻も妊娠中、洋服に安全ピンを付けていた？」

「ん？　ああ、付けてたな。なんでそんなこと訊くの」

「なんとなく」

駐妻専用風俗店にいたあの妊婦は、パートナーとどんな関係を築いているのだろう。子どもや親戚の目がない空間でも、おやすみ、いってらっしゃい、と言うだろうか。互いの目を見て笑うだろうか。

また太い腕にくるまれた。

「あなたの筋肉好き」

「どうせならうしなわれないものを好きだと言ってほしい」

「名前も無精髭も声も唾液の味も好き」

「名前以外いずれうしなわれるものだ」

「うしなわれないものって、たとえば何？」

「言葉。愛情」

「愛情が残るなら、無精髭や筋肉だって、それ自体は消えても感触は残るんじゃない？」

手首を摑んでベッドへ誘い、裕介の上に跨って、耳や頰や唇にキスをした。舌で上唇をなぞり、腕や脇腹をそっと撫でる。

がばっと上体を起こした裕介に、組み敷かれた。彼の長めの髪がわたしの顔にはらりとかかる。両手首を頭上で摑まれ、視線を合わせたまま顔を近づけてくる。肉体の表も裏も側面も、彼の唇が接していないところがなくなったころ、長い指がゆっくり入ってくる。裕介はわたしの反応を慎重に見ながら一点をそっと的確に圧した。何本なのか、どう動かされているのかもよくわからないまま、わたしは達する。快楽はうしなわれるだろうか。それとも声や唾液の味と同じように憶えておけるものだろうか。

「お願いがあるの」

コンドームの封を切ろうとする彼の手首に触れた。

「なに」

「もう一回して」

とてつもない悦びの後で、わたしたちはソムタムのかき揚げを食べる。甘酸っぱ辛いタレにつけて。いつもの食堂で買ったお気に入りだが、油が重く感じる。セックスしている間にぬるくなってしまったせいだろうか。そんなのはいつものことなのに。ビアラオホワイトで胃に流す。

灰に似た臭いが漂っている。シンクの生ごみ入れから立ち昇る腐臭だろうか。このところ彼の家は掃除が行き届いていない。キッチンの床には安ウイスキーやシンハーソーダの空き壜がずらりと並び、ピザの空き容器に蟻がたかっている。トイレに入ると、前回シャワーブースの壁の下方にあった黴の範囲が広がり、濃く変色していた。わたしが除去して良いものなのか判断がつかず、トイレットペーパーを丸めて埃を取るに止(とど)める。

トイレから戻ると、裕介は本棚にもたれ、咥え煙草で文庫本をめくっていた。

「晶ちゃん、この本要る？」

「いいの？」

「うん、いまいろいろ処分してて」

「どうして」

「ここ売りに出すかもしれない」

そうなのと言いながら彼の足許に座り、身体を寄せた。裕介といると、いつもくっついていたくなる。隣で同じものを見てどう感じるか知りたいし、笑い合いたい。わかりたいし、わかるように話したい。たとえば自宅のソファでそんなことをしているわたしと夫を、愛子に見せることができたらどんなにいいだろう。

「いっしょに住むか」

「そうね」

「そんな簡単に」

裕介が笑う振動でわたしも揺れる。

「じゃあ旅行いくか」

「いいね」

「言ったね。じゃあチェンマイ行こう。いっしょにコムローイ見よう」

無数のランタンが夜空に放たれる、うつくしい光景が蘇った。コムローイはその年の収穫を仏陀に感謝する、タイの伝統的行事のひとつだ。

「晶ちゃん行ったことある？」

「うん、現採時代に友だちと」

「チェンマイは何回行った？」

「五回くらいかな。ねえ、いろいろあるなかで、どうしてコムローイなの」

「俺やったことないんだよ。だから一度本場で見てみたい。それに、上がっていくっていうのがよくない？　なんか軽くて」

「上がっていくならロケット祭りもあるよ」

「五月とかでしょ。遠いな」

それから裕介は、ランタンがすべて天に上がったとき苦しみもいっしょに消え去るんだよ、と言った。

「飛行機と会場のチケット、もういっぱいなんじゃない？」

「飛行機がだめでも鉄道やバスがある。会場はわざわざ高いお金払って予約しなくても、無料でランタン飛ばせるところもある。俺たちはタイ語しゃべれるし、土地勘もあるんだから」

鉄道やバスでバンコクからチェンマイへ行くとしたら、半日は優にかかる。確実にお尻や腰が痛くなるだろう。

「昨日はなにしてた？」

どういう意味かと無言で見つめ返す。

「カオパンサーで学校休みだったでしょ。家族で水族館とか行ったの？」

安居入り(あんご)から三か月間、僧侶たちは修行に専念するため寺にこもる。アパートの修理工は、僧侶の修行に合わせて三か月禁酒すると宣言していた。

「行かないよ。休みだったのは娘だけだし」

「そっか。旦那、官公庁勤めではないのか」

彼がわたしの夫の職業を知っていることを知らないふりをすることに、もう慣れた。

「スーパーで禁酒日ってこと忘れてビールをレジに持っていっちゃって恥ずかしかった」

「晶ちゃんの旦那って、月にいくらくらい稼いでんの？」

話を逸らそうとしたのに裕介はさらに気の沈む質問を投げてくる。

「知らない。明細見たこともないし」

「タイ人の旦那ってそういう感じなの？」

親戚や友人の集まり、あるいはレストランで男同士の会話が聴こえてくると、うんざりすることが多い。男たちはすぐ俺の方がすごいんだぞ合戦を始める。収入や地位だけがその人の価値ではないだろうに。

「旦那の実家はなにやってんの？」

「事業」

「ざっくりしてるなあ。華僑ってことか。安泰じゃん」

わたしは裕介の妻の収入にも妻の実家の生業にも興味はない。裕介が育った家の話は聴きたいと思うが、そのトピックはすでに二度はぐらかされている。

ふいにここにいる理由がわからなくなった。わたしはとてつもない虚しさをとてつもない悦びで相殺しようとして、失敗し続けているのではないか。


九月に入ると紗也子はタイ人彼氏のいる駐妻たちと交流を持つようになった。そういう同志は互いに目線や服装、発するタイ語でわかるものらしい。駐妻三人彼氏三人というメンバーで、アソーク駅の南側、かなり奥まった場所にあるローカル食堂でビールを呑んでいるのを見かけたこともある。駐妻の一人が、つば広の白い帽子をかぶっていて目立った。

「昨日みんなで食べたこのカレーがとんでもなく辛かったんだよ」

センセープ運河沿いの、日本人はまず来ない注文屋台で、紗也子が画像を見せてきた。ゲーンタイプラーだった。塩漬け魚や筍の入った、タイ南部の酸っぱくて激烈に辛いスープだ。友だちの彼氏の郷土料理と紹介され、みんなでシェアしたが食べきれなかったのだという。

「確かにこれは、かつて食べたタイ料理のなかでも一、二を争う辛さだと思うよ」

でしょーと笑う紗也子の手のなか、ボクサーブリーフ一枚で仔犬のような彼がにこにこしている。紗也子がスワイプしていく流れで、ちくわに枝豆を詰めて鳥に見立てたおかずの写真が表示された。おそらく紗也子が大和のためにつくった弁当だろう。この写真の並びに紗也子はどんな感情を抱くのか。

四角豆のヤムとコームーヤーン(豚の首肉焼き)を頼み、向かいの雑貨店から買ってきたチャーンビールで乾杯した。

「あー雨季に呑むビールはうまい」

唇にビールの泡をつけて、紗也子が笑う。

「乾季もそう言ってたよ。いちばん暑い時季も」

「そうだっけ？　まあ、いつでもおいしいんだよね」

紗也子の笑い方が変わった。リラックスしている。

「あの子といるとすごく寛げるんだ。厭なことをしない人って認識が脳に刻まれたんだと思う。またあれをされるかもって警戒せずに身を委ねられる。旦那に対しては警戒心ばっかりだよ。セックスだけじゃなくて会話もあらゆる動作も。でも昨日とりあえず旦那とやった」

「つけた？」

「いや。っていうか、晶ちゃんいっつもそれ訊くね」

「彼とはつけてるの？」

「つけたり、つけなかったり。でも妊娠は、たぶん大丈夫だと思う」

その根拠はどこにと訝(いぶか)しみつつ、病気も怖いよと釘をさす。

「まあね。でもなんらかの菌と同時に、ここで生きていくためのなんらかの免疫も獲得したって気がするんだよね」

わからないでもないけど気をつけてと言ってビールを呑み、屋台にずらりと並ぶタイ料理を眺める。店の周りで揺れる極彩色の花。色恋、色欲、色男色女。なんて色の多い国だろう。

「不思議なんだけど、小学校しか出てない彼の方が、大卒の旦那よりよっぽど語彙力豊富なんだよ」

「持ってるものを最大限使って、伝えよう、汲み取ろうって努力してるんだろうね」

「結論それな。その姿勢って、コミュニケーションにおいて、いっちばん大事じゃない？　こないだもさ、大和があまりにも一日中スマホゲームばっかりやってるから、これでいいのか不安になるって旦那に話したんだよ。使う時間とか、きっちり決めた方がいいのかなって。そしたら旦那言ったの。『そんなことしたっていずれチップが脳に埋められるからね』って。私の不安を受け止めるでもなく対策について話すでもなく、未来の科学の話。近い将来そうなるにしても、とりあえずいまじゃないでしょ？　私にはいまが大事なのに」

でももうどうでもいい。トーンを落として紗也子は続けた。

「ポテチ食べようが脳にチップ埋められようがどうでもいい。文句言う時間が勿体ない。お肌のためにも寝るかストレッチでもした方がいいって思う。怒りが湧かないってほんと楽だね。ぐっすり眠れる」

コームーヤーンをコリコリ食べ、紗也子はビールを呷った。

「私わかったんだ。うちの旦那、日本語でも知らないんだって。感情を表す言葉。あの子はアタマがすっごく柔らかいの。決めつけるってことがなくて。だからかな、あの子といると、自分を恥じるみたいな気持が消えてくんだ」

「何を恥じることがあるの？」

「駐妻で高卒の人ってあんまいないじゃん。英語くらいできて当然って空気あるじゃん」

そんなこと考えたこともなかった。そもそも紗也子の最終学歴を知らなかったし、日常で学歴について話す機会などない。駐妻同士だとそういう話題になるものなのだろうか。

紗也子が追加で豚肉とサトー豆の味噌炒めを頼んだ。

「サトー豆を最後に食べたの、現採時代かも」

「なんで？　こんなにビールに合うのに。身体にもいいらしいよ」

「夫が目の敵にしてるから」

かわいそうにと言って紗也子はころんとしたサトー豆をスプーンですくった。見た目は空豆に似ているが、味は離乳食で苦みを練習しなかった子は一生食べられないだろうと確信するほど苦い。

「CMにも口臭消しのガムや部屋の消臭剤に悪役で登場させられちゃってねえ」

サトー豆に同情する紗也子に笑いがこみ上げる。紗也子は物凄い勢いでタイを吸収している。テレビ番組も流行りの音楽もファッションも若者だけが使う一人称も、わたしが知らないことまで知っている。

「旦那とやっていく未来が思い描けない。夫婦としての可能性をどこにも見いだせない。本帰国の辞令が出たタイミングで離婚して、私はタイに残ろうかな」

「時々そういう駐妻いるよね。一家で本帰国して、子どもが大きくなったあと自分だけ戻ってくるとか。大和くんはどうする？　彼と三人で暮らす？」

「ありえない。お金が無理でしょ。っていうかあの子は別に私とずっといたいとは思ってないから。口では言うけど仕事だもん。その辺ちゃんとわかってるから心配しないで。晶ちゃんにつきあってもらって店に行った日のことも、私にとっては人生を変えた日だけど、彼にとっては日常だって、ちゃんとわかってるから」

「じゃあなんでタイに残りたいの」

「なんでだろうね。いろんなことができなくても仕方ないかーって思ってもらえる気楽さを失いたくないからかな。ガイジンとして生きていく身軽さっていうか、蚊帳の外感っていうか。でも、大和の教育に関しては超悩むよ。大学は出た方がいいって身をもって感じてるけど、この国の人たち見てると、ほんとにそうなのかなって思っちゃうんだよね。いろんな意味で高い教育を受けさせて、頭がいっぱい詰まった大人を量産することが幸福にどうつながるのかなって」

早口に言ったあと紗也子はスマホを取り出し彼の国の平均寿命を調べ、短っ、もうすぐ人生折り返す、と笑った。

お金あり時間なし常に疲弊の男と、お金なし時間あり常に笑顔の男、どちらがいいだろう。結婚となると前者を選ぶ人が多い気がするが、会話が成立せずいっしょに食事したいとも思えず、視線も交わらない人と、どちらかが死ぬまでともに暮らすことを耐え忍んでまで、お金は最優先されなければならないものだろうか。高級レストランでの食事、海外旅行、結婚記念日のプレゼント。コミュニケーションが伴わないそれらより、わたしは、将来こんな家に住みたいとか、いっしょに行った店で食べた料理を自宅でも作ってみたとか、信頼と勝手な期待の違いは何かとか、なぜ心に虚無が巣くっているのかとか、そういう話をして生きて死にたい。

「ねえ、現地採用としてタイで働くのってたいへん？」

「やろうと思えばなんだってできるよ」言いながらどの口がそれを言うのだと思う。「必要だったら知り合いに声かけるから言って」

ばらばらと屋根を叩く音がして、スコールが降り出した。アスファルトの点が一気に面になり、これは帰った方がいいねとお会計を頼んでいるあいだに強くなって身動きが取れなくなる。屋根を伝って落ちてくる水の束に、道行く人や屋台の人たちが笑っている。

安居の明けた十月。修行を終えた僧侶たちが寺から出てきた二日後、紗也子と食堂でトムヤム味の米麺を食べ、フジスーパーに寄って帰宅すると、リビングのローテーブルにワイングラスが載っていた。底に赤い液体が張りついている。床にはナッツとチーズの欠片（かけら）。窓に雨粒のぶつかる音がし始めた。片付けていると、トイレから夫が出てきた。

「どこ行ってたんだよ」

「すぐそこでお昼食べて買い物してきた。あなたは?」

「ランチかねた打ち合わせでシャンパン呑んだ」

夫がホテルの名前を口にした。

夫のランチは一万円。裕介のランチは百五十円。

「夜のイタリアン、キャンセルする?」

「なんのために? 車置いてきたから取り行ってきて」

今夜は愛子の好きなレストランに三人で行くことになっていた。

メーバーンのアムさんは今日と明日休みを取っている。アムさんが幼いころ亡くなった母親の法事のためだ。いまからひとりですべき家事の多さを思ってうんざりする。

「ホテルの前でバイタク拾ったら、ドライバーがヘルメットないって言いやがった。冗談じゃない。おまえの命と俺の命、同じ値段じゃねえっつうの」

ずいぶん機嫌が悪いようだ。そっと五感のバリアを厚くする。

「ランチも最悪だった。ゴルフ行くなら利益出してから行けっつうの。病院ばっかり行きやがって。まあ俺はもうどんな治療したっていいくらい稼いだけど」

酔って日本人駐在員に対する愚痴を吐き続ける夫に相槌を打ちながら、エコバッグをキッチンの床に置いた。雨音がどんどん強くなる。

バイブ音がしてLINEが届いた。優美からだ。一読して背筋が伸びた。

「ごめん、ロビーに行ってくる」

「なんで？　出たり入ったり騒々しいな」

「愛子のことでママ友に呼ばれたの」

「あっそう」

「そのまま車取りにいってくるから、申し訳ないんだけど、これ冷蔵庫に入れておいてくれない？」

サンダルに足を入れ、車のキーを摑んだ手でエコバッグを示すと、夫は渋々うなずいた。

優美は顔面蒼白でロビーのソファに座っていた。窓の外はスコールで白く煙っている。

「どうしよう、紗也子ちゃん既読が付かない」

「さっきいっしょに帰ってきたから、シャワーでも浴びてるんじゃないかな。それで、紗也子の彼のことって？」

「主人から電話があったの。今日紗也子ちゃんのご主人が会議でオフィスに来たらしいんだけど、ワットさんと何か話したあと血相変えて出ていったって。周りのスタッフに訊いたらワットさん、タイ人の男の子と道で抱き合ってる紗也子ちゃんを見かけたらしいの。キスもしてたって。そのとき撮った写真を、紗也子ちゃんのご主人に見せちゃったのよ」

優美の夫は、それを妻にどんなふうに話したのだろう。

二年前の平日夜。チャオプラヤ川沿いにある高級ホテルのロビーで優美の夫と出くわした。わたしは日本から遊びにきた従妹をアテンド中で、優美の夫は身体に張り付くミニワンピースを着たタイ人女性を連れていた。フロントスタッフからカードキーを受け取っていた彼に挨拶するとしどろもどろになって、「出張者が上で待っているので、いまからこの子をその部屋に連れていくんです」と説明した。そうなんですかとだけ言ってその場を離れた。ご苦労さまです、そんなことも仕事の一環なんですねくらい言えばよかったとあとになって思った。

エレベーターのドアがひらき、紗也子が下りてきた。ボストンバッグを持っている。

「タクシー来た？」

まだと答えると、紗也子はグラブタクシーのアプリで位置を確認した。

「すごい渋滞」

「この土砂降りだからね。行き先どこって入力したの？　彼の家？」

「ううん、安いホテルとった。さすがにどぶ川の中州には泊まれない」

沈黙が下りた。優美がわたしの視線を掬い上げる。知ってたの？　というかなしげな表情。いまはその話をする余裕がない。タクシーはいつ到着するのか。早くしないと紗也子の夫が帰ってきてしまう。

「あっ来た」

大量の雨を浴びながら黄色と緑のタクシーがアパートの敷地に入ってくる。ロビーを出た紗也子の細いヒールが通路の隙間に嵌まり、よろめいた。エントランスに車を停めたタクシー運転手はヤームと何か話し、笑っている。アパートの外には洪水を予期させる巨大な水たまりができていた。長い雨季の間たっぷり雨を吸ったバンコクの地は、これ以上水分を含めない。ここが限界、あとは溢れるだけ。

続いて乗用車が入ってきた。紗也子の夫の車だった。あっと思ったときには彼は後部座席から転がるように出てきて、紗也子目掛けて物凄い勢いで突進してきた。

「何考えてんだよ！　ありえない。タイ人だぞ？」

肩を摑んで怒鳴る夫に、紗也子が半笑いで言い返す。

「バカなの？　あんただってタイ人とやったじゃん」

派手な音がして紗也子がくずおれた。平手打ちされたのだ。

何事かと修理工や清掃スタッフたちが集まってくる。

「誰のおかげでこんなセレブみたいな生活できてると思ってるんだ」

「は？　会社のおかげでしょ」

よろよろと上半身を起こしながら紗也子は言い、走ってタクシーに乗り込みドアを閉めた。追いかけようとした夫の足がもつれ、転倒する。タクシーは水飛沫を上げ敷地を出ていった。膝をついたまま紗也子の夫はわなわなと震え出した。頭に爪を突き立て、終いに嘔吐した。プライドが崩壊したのだろう。

しばらくして立ち上がると、彼はヤームに紗也子の行き先を尋ねた。

タクシー運転手がヤームにばらした行き先をヤームが紗也子の夫にばらした。

「大和くんのごはんとお弁当はどうする？」

ＬＩＮＥを送ると即既読が付いた。

「ごはんは旦那になんとかさせる。弁当はしばらく業者に頼む」

「けがしてない？」

「大丈夫。なんか笑えるわ。危うくタイ人じゃないしって言いそうになった」

アパートを出てバイタクを拾い、夫がランチしたホテルで車を回収して帰ると、キッチンのエコバッグがさっきと同じ場所に放置されていた。何もかも常温になっている。

「せめてひき肉は冷蔵庫に入れてほしかった」

仕舞いながら言うと、

「なに？」

夫がソファから振り返る。胡乱な目。新たなボトルの栓が抜かれている。生ハム。枝豆。クラッカーとチーズ。仕事に戻らなくていいのだろうか。

「うるさいなあ。二時間くらいのことでごちゃごちゃ。だいたい晶はいつも俺のことを侮辱してるんだよ。腐ったら捨てればいい」

わたしは夫を侮辱しているのだろうか。夫はわたしを侮辱していないのだろうか。

「じゃがいもや人参は入れなくていいけど、ひき肉とマッシュルームは冷蔵庫って憶えてくれたらたすかる」

「憶えないよ、俺はそんなこと」

髪を結び、洗面所で手を洗う。夫が冷蔵庫を開閉する音が聴こえてくる。

キッチンへ戻り、あすの弁当の下準備をしようと野菜室を開けて、静止した。押し込まれたじゃがいもと人参の下で、水菜がつぶされ折れていた。

「口のなかが気持悪い」

愛子が言ったのは、その夜、イタリアンレストランでシャーベットを食べたあとだった。ゆっくり唾を飲み込む愛子に、わたしの飲んでいた炭酸水を差し出す。愛子はアレルギー反応を起こしていた。肘の内側と舌に湿疹が出て、両瞼が膨らみはじめている。スタッフに確認すると、シャーベットに隠し味でピスタチオが入っていたことがわかった。

「たくさん食べた？」

「ううん、ちょっとだけ。すぐ変な味って思ったから」

お水をくださいとスタッフに告げ、愛子の膝の後ろや脇腹を見た。やってしまった。店を予約した際アレルギーのことは伝えてあったけれど、もう一度確認すべきだった。この様子だと水をたくさん飲ませて休んでいれば症状はよくなっていくはずだが、念のため診てもらった方がいいかもしれない。かかりつけの病院までの最短コースを考えていると、夫が言った。

「ここ、水もただじゃないよ？」

気絶しそうなほどの絶望に襲われ、立ち上がる。

「あなたのそのワインの方が高いでしょう」

運ばれてきた水を飲み切った愛子と二人でレストランを出て、コンビニでペットボトルの水を買ってタクシーを拾い、病院の名前を告げた。

大きな唐辛子とイカにフォークを突き刺す。息がくるしい。切実にくるしい。泣き喚きたいような気分だった。もう限界だった。難しいトピックじゃなくていい。話したことをそのまま受け取ってくれる人といっしょにいたい。裕介といたい。欲しいのはリラックスもしくは発展。そのどちらも望めない日々。夫はわたしに何を望んでいるのだろう。反論せず、さすが、知らなかった、すごいと褒める以外の何を。こんなことを考えるからおまえは俺を侮辱していると言われるのだろうか。

「ワニに食われて死ぬって壮絶すぎない？」

イングリッシュパブのテラス席に並んで座り、ハッピーアワーのハイネケンを呑みながら裕介が言った。会った瞬間ウイスキー臭かった。体臭もいつになく酸っぱい。

数年前、バンコク郊外にあるワニ園でタイ人女性が自死した話をしていた。彼女は腹を空かせたワニが密集する池に身投げしたのだ。

「ＢＴＳで人身事故とか一度も聴いたことないのにね」

「そっちの方が一瞬で死ねそうだけどな」

ビールを呷る裕介の、目の下に隈がべったり張り付いている。

そのワニ園は愛子が小学校に上がったばかりのころ一度だけ訪れたことがあった。自己責任という言葉が頭をぐるぐる回り、始終気が休まらなかった。いつ板が抜けて池に落下してもおかしくないほど老朽化した木の通路。その一角に、幼児ですら立てば柵を容易く乗り越えられそうなベンチがあった。怖くて近寄ることもできなかった。自死した女性はあそこから飛び降りたのだろうか。

「こないだ店のお客さんが、プロンポンで日本人ホームレスを見たって言ってたんだけど、晶ちゃん知ってる？」

「知らない。あんな日本人ばかりのところ選ぶかな」

「あえて日本人街を選ぶってところに闇の深さを感じるんだよ」

運ばれてきた新たなハイネケンを裕介は喉を鳴らして呑んだ。ペースがずいぶん速い。

「ホームレスとは違うけど、工事現場で出稼ぎ労働者といっしょに働く日本人なら俺見たことあるんだよ」

「現場監督とかじゃなくて？」

「違う」

「どうして日本人ってわかったの？」

「声をかけられたからだよ。現場のすぐ横の通りで。日本の方ですかって」

「何を話したの」

「うーん、日本の首相が替わったとか税金がどうとか、そういう話だったと思う」

何気なく視線を落としてぎょっとした。裕介の太腿は、いつの間にこんなに細くなったのだろう。そういえば最近インスタにランニングやジムの写真が上がらなくなった。

イカとタコって、なんでタイ語では同じなんだろうな。唐辛子とイカの炒めものをスプーンですくいながら裕介が言った。

「そうだ晶ちゃん知ってる？　なんとかっていう種類のタコのオスは、交尾が終わると、メスに挿入したまま、メスの前に我が身を差し出すんだ。食べてもらうために。むしゃむしゃ」

「それはオスにとってどんなメリットがあるんだろう」

「メスが自分を食べることに夢中になっているあいだ、ほかのオスとの交尾が発生しない。つまり自分の遺伝子を残せる確率が上がる」

パブの前を、腰の曲がったおばあさんが天秤棒を担いでゆっくり通り過ぎていく。籠のなかには殻付きピーナッツや蒸した芋、卵、ソムタム、瓢箪などが入っている。

おばあさんの姿が見えなくなってから、裕介が言った。

「うちの父親、椅子で首吊って自殺したんだ」

わたしはゆっくり彼の横顔を見た。彼が家族の話をするのはこれがはじめてだった。

「そんとき俺は中二で、暴力こそなかったけど凄く厳しい父親で、俺も母親もなるべくいっしょにいる時間を減らすようにしてた。その日も父親の後ろを何度も通ったけど、一度も話しかけなかった。視界にも入れないようにしてた。だから死んでるって何時間も気づかなかったんだ。そんなはずないって警察からは殺人を疑われたよ」

「それは苦しかったね」

苦しい、と裕介は確かめるようにつぶやいた。

「そう思えるようになるまでは、少し時間がかかったな。親のくせに勝手だっていう怒りとか、なんで死んだんだろうって疑問とか、俺のせいかなとか。しばらくはそういうので頭がいっぱいだった。俺は知らなかったんだけど、病気の影響もあったらしい。でも成人するまでは、訊いても教えてもらえなかった。あのとき知っておきたかったな。だからさ、晶ちゃんも子どもに質問されたら、ちゃんと答えた方がいいよ。信用問題にかかわるから」

なぜ裕介はこんな話を急にはじめたのだろう。話の内容よりそのことが妙に怖ろしく感じられて、少し歩かない？　と彼の膝に手を載せた。

会計を済ませ、女子トイレに入ると故障中の札が便器に載っていた。仕方なく男女共用トイレを開けたがあまりの臭さに即閉めて、裕介のところへ戻った。

パブを出て少し歩き、バイタクの運転手が入口付近にたむろするオフィスビルに入った。冷房で一気に冷えた背中が心細い。トイレは二階という表示を見て、上りエスカレーターに立った。手すりと階段の速度が合っておらず、手すりに置いた手だけがどんどん前に進んでいく。なにこれと笑いながら上りきったところで、裕介はわたしの手をとって歩き出した。いつもより握る力が強い。さらにぎゅっぎゅっと握られ、また笑ってしまった。

「モールス信号？」

「愛を伝えているんだよ」

そんなことを言うなんてめずらしい。そう口にしようとしたとき、スマホが震えた。紗也子だった。

　ちょっと電話に出るねと断って通話ボタンを押すと、紗也子は前置きなしに言った。

「晶ちゃんが心配してた通りのことが起きた」

「できたってこと？」

「そう」

「いまどこ？」

「ホテルの部屋。頭が痛い」

「大丈夫？　何系の痛み？」

「殴られて流血した痛み」

「どういうこと」

「昨日彼とホテルの裏の屋台で呑んでたら頭の上を風が吹いて、えって振り返ったら女に石で殴られた。たぶんあの子の彼女」

「病院は行ったんだよね」

「行った。とりあえず傷の手当てだけしてもらった」

「レントゲンとかは？」

「撮らないでもらった。妊娠してるかもって思ったから」

　裕介が身振り手振りで、先に帰るね、と言っている。うなずいて「産むつもりなの？」と紗也子に尋ねる。

「それはたぶん無理だけど、ちゃんと自分で決めるまではって思ったの。でも手術を選ぶにしても、保険は使えないよね」

「それ以前の問題だよ」

「どういう意味？」

タイで堕胎するには政府から許可を得た病院に行く必要がある。その数は極めて少なく、さらに手術を受けられるのは出産によって母体に危険が及ぶと判断された場合や、レイプ被害など特別な事情がある場合のみ。説明すると紗也子は沈んだ声を出した。

「じゃあ中絶の選択肢はないってこと？」

「合法的には」

「違法的には？」

手術が終わるのを待つ間、わたしは廊下の長椅子に座り、裕介とのＬＩＮＥを読み返していた。浅い会話の逃避があるように、深い幸福に向かっていると思える逃避もある。裕介からの連絡はここ数日滞りがちで、未読時間が長かった。最後にやりとりしたのはおとといの夕方。その数時間後、裕介のインスタのアイコンはモノトーンになった。十一月。コムローイのランタンやローイクラトンの灯籠が色鮮やかに埋め尽くすタイムラインで、そのモノクロはひときわ目立った。わたしは暇さえあれば裕介のＬＩＮＥとインスタを確認し続けていた。

病院は、紗也子が彼を買った店とナーナー駅のちょうど中間にあった。バイタク二台で向かう途中通り過ぎた工事現場では、カンボジア人やミャンマー人らしき作業員たちがヘルメットも被らず高所で作業していた。

事前に指定された通り裏口から入り、着くなり手術が始まった。

「終わりました」

廊下に出てきた看護師がわたしに告げた。信じがたい速さだった。静かに部屋に入ると紗也子は眠っていた。

「晶ちゃん」

しばらくして瞼を開けた紗也子は、かすれ声でわたしを呼んだ。

「気分はどう」

「最悪だよ。でもまた目覚めることができてよかった」

看護師がやってきて、手術着でぼんやりしている紗也子に向かって、いますぐ出てと言い放った。

指をぎゅっと握られる。紗也子の手は冷たく、顔は青白い。

「あと十分だけ休ませてもらえませんか」

看護師は眉間に皺を寄せると、「きっかり十分ね」と腕時計を叩いて部屋を出ていった。

「ねえ晶ちゃん」

「うん?」

「もしも不老不死の薬が目の前にあったら、どうする？」

「どうするかな」

「そういう夢を見たんだ。飲みますかって決断を迫られるの」

その話はあとで聴かせてもらう。いまはゆっくり休んで。そう言いたかったけれどわたしは黙って紗也子の言葉に耳を傾けた。

「私ね、言ったの。飲みますって。それで、とりあえず大和が成人するまで、旦那と添い遂げようと思った。だっていまである必要がないから」

紗也子は何かに急かされるように言葉を紡いだ。

「何が、いまである必要がないの」

「ほんとうに好きな人といっしょにいることだよ。私たちが好きな人と通じ合いたいと願うのは、いつか死ぬからで、死なないってわかってたら、通じ合う努力をする意味もなくなると思わない？」

いつもよりもたつく舌で、紗也子は喋った。

廊下を早足で近づいてくる音に続いて、勢いよく扉がひらいた。

「まだそんな恰好してたの！　早く着替えて出て！」

手術着を脱いだ紗也子にワンピースを被せ、忘れ物がないか確かめて部屋を出た。入口の方から男たちの小競り合いが聴こえてくる。わたしたちは息を潜め、裏口から外へ出た。

バイタクを拾い紗也子を真ん中にして三人乗りでスクンビット通りまで出て、そこからタクシーを拾うつもりだった。けれどこんなときに限ってオレンジ色のベストを着たバイタクの運転手がどこにも見当たらない。辺り一帯、不気味なほどしずかだった。スマホを取り出し、グラブタクシーのアプリをひらいた。近くを走っているタクシーは一台もない。スクンビット通りまで歩いていって拾うしかない。

「ごめん晶ちゃん、休ませて」

呻(うめ)く紗也子の肩を抱き、木の根元にゆっくり座らせた。フワオフワオと頭上高く鳥が啼いている。胸を大きく上下させ、苦しそうに呼吸する紗也子の額をハンカチで拭くと、びっくりするほど熱かった。こんな状態ではスクンビット通りまで歩くのは無理だ。たすけが要る。でも救急車は呼べない。紗也子の夫もわたしの夫も論外。裕介は車を持っていない。どうすればいい？　フルスピードで頭を回転させる。紗也子にもしものことがあったら。わたしは紗也子や大和の人生に責任をとれない。大事なのは法より命。やはり大きな病院へ連れて行くべきではないか。そして紗也子を無事大和のところへ帰さなければならない。

アムさんはどうだろう。アムさんはいま我が家で掃除をしてくれている。お願いすれば、飛んできてくれるに違いない。夫に口外することもない。同じアパートのメーバーンに話すこともない。アムさんは信用できる。でも我が家からここまではタクシーで少なくとも二十分かかる。万が一スコールが降り始めたら、もう時間は読めない。

そうだ。マリはどうだろう。偶々この近くにいたりしないだろうか。

紗也子にここにいてもらって、バイタクかタクシーを捜しに行こう。それでもし捕まらなかったらマリに電話してみよう。そう決めて一歩踏み出した瞬間、バーンというとてつもない衝撃音が路地に鳴り響いた。竦(すく)めた肩を下げ、深呼吸して、しゃがんで紗也子の背中を撫でる。おそらくさっき通ってきた工事現場で、何か巨大なものが落下したのだろう。

「タクシー呼んでくるから待ってて」

紗也子に言って顔を上げた、そのときだった。

オレンジ色が見えた。

バイタクが一台、こちらに向かってくる。わたしは右手を身体と垂直に伸ばし、ひらひら振った。黒い布で顔の下半分を覆った運転手は、紗也子を見ると、タクシー呼んできてやるからここで待ってろと言い、スクンビット通りまで猛スピードで戻っていった。安堵のため息が漏れた。ほぼ習慣となった手つきでインスタをひらき裕介のアカウントをチェックする。

心臓が厭な音を立てた。猛烈に、何かがおかしい、という気がした。コメントが多い。多すぎる。こんなことはかつてなかった。

「突然のことに驚いています」「たくさん学ばせてもらいました」「あなたのことは一生忘れません」

祈りながら震える指で彼の妻のインスタに飛ぶと、葬儀の案内が出ていた。

「主人が死にました」

裕介の妻はそう記していた。

「自死です」

とっさに思ったのは、わたしの存在を知った妻が嘘を吐いたのでは、ということだった。けれど多くの人がタイ語や英語や日本語でお悔やみのコメントを残している。息を吸うことも吐くこともできなくなって心のなかで悶絶しながら、いったい何が起きたのかわからない。緑と黄色のタクシーがやってくる。運転手二人は、茫然とするわたしを叱り飛ばすように紗也子の状態について尋ね、指示を出した。バイタクの運転手はチップを受け取らなかった。後部座席に乗ったと思ったらアパートに着いた。すべてがすりガラス一枚隔てた向こうの出来事のようだった。

紗也子を家に送り届けると、完全に弛緩した。

「晶さん、大丈夫?」

心配そうな顔で言うアムさんに、ちょっとめまいがするけど大丈夫、二時間後に起こしてほしいと頼み、寝室に入った。

ありえないことではなかった。どこかでこういうことがあってもおかしくないと思っていた。どんどん荒んでいく彼の部屋を見たとき。会えないと急に言われたとき。目の力や内臓から立ち昇る匂いが変わったと感じたとき。

わたしはどこかおかしいのかもしれない。予期していながら、なぜ、こうならないように行動しなかったのだろう。わたしは冷たい人間だ。決定的に壊れた人間だ。裕介の死をいま、悲しいと感じていない。

息がお腹まで入っていかず、胸で止まっていた。

二時間後、紗也子にＬＩＮＥで様子を尋ねると、さっきよりよくなっていると返信が届いた。なにかあったらすぐ連絡してと送った後、裕介とのトークをひらき、ハチワレ猫のスタンプを送信した。眼球が乾くほど見つめていても既読は付かない。

思考がぶちぶち途切れる。頭が回らない。

死体の写真が出回るのは厭だと言っていたのに。見当違いの怒りが頭に浮かんだ。あのとき拳銃を摑んでいた、裕介の長い指。最後にはっきり見たのも指だった。先に帰るね。トイレを借りるために入ったオフィスビルで、通話中のわたしに、裕介は階下を指差した。あのときわたしの頭を占めていたのは紗也子の妊娠だった。エスカレーターを下っていく、裕介の後ろ姿。ちゃんと視線を合わせて言葉をかけなかった。かけるべきだった。でも何を？

わたしはあのとき、裕介に何を言うべきだった？

うとうとしてはっと目覚める。スマホを見た。裕介のＬＩＮＥに既読が付いていないことを確認するとまた目を閉じた。まどろみのなかで彼の声が蘇った。

いま死ねたら最高だろうな。

裕介がそう言ったことがあった。ベッドの中だった。セックスの最中に彼が話すのはめずらしかったから記憶に残った。わたしはその言葉を、生きていてよかった、いまとても幸福だ、という意味に捉えた。

わたしはまだ裕介が死んだという確信が持てずにいた。

「裕介が死にました」。それは「今日タイ東北部の崖で一頭の象が救出されました」と同じくらい、単なるニュースに過ぎなかった。事実かどうか、わたしには知りようがない。裕介の声が聴きたかった。あの目に見下ろされたかった。

玄関の方でただいまと声がした。しーっとアムさんが駆けていき、「お母さんはちょっと具合が悪いです」と明るい声で言いながら愛子におやつの説明をはじめた。自分の意思ではどうにもならないほど瞼が重かった。またねむりに引きずり込まれる。

真夜中目が覚めたとき、唐突に、裕介はわたしのせいで死んだのではと思った。強い確信を持って思った。

わたしには言葉が足りなかった。

たとえば裕介のLINEに既読を付けるだけのときがあった。忙しくてメッセージを作成できない場合もあったけど、裕介がくれた幸せな言葉を見える状態にしておきたいという理由でそうしたこともあった。そんなこと彼は気にしていなかったかもしれないけれど、言えばよかった。言わなければ伝わらない。声でも文字でもいいから、もっといっぱい、なんでも伝えたらよかった。裕介が何を望んでいるか、もっと真剣に想像したらよかった。わからないときは尋ねるべきだった。

裕介がお父さんの話をしてくれたときも、あの対応で合っていたのだろうか。

別の言い方をしていたら？　もっと寄り添える言葉を選んでいたら？

せっかく会っているときにその話をしてくれたのだから、目の前にいる彼をしっかり見つめて、裕介が伝えたいように受け取る努力をすればよかった。少なくともその姿勢を示すべきだった。

コムローイに誘われたときだって、二つ返事で行こうと言えばよかった。それが彼を生に留めるものになったかはわからないし、なったとしてもそれがよいことかわからない。けれど、それでもわたしは裕介の存在しない世界に耐えられそうもなかった。受け入れられる日なんてこない。彼とハーゲンダッツを食べてセックスしてビールを呑んだ日に帰りたかった。

葬儀に行った方がいいのか、行かない方がいいのか。どちらを選んだ方が後悔するのか、そもそも行く権利があるのか。なにもわからなかった。判断能力をもぎ取られたようだった。ただひたすら思うのは、裕介に最後の別れを言いたいということだった。

明け方、紗也子からもう大丈夫だと思うというＬＩＮＥが届いた。

わたしは朦朧とした頭で「好きな人が死んだ」と作成して消した。死という文字を、今日、紗也子に送るのは滅茶苦茶だと思った。

書いて消してを何度も繰り返した。わたしが紗也子に伝えたいのは、好きな人がいたこと。その人が死んでしまったこと。お別れを言いたいが葬儀に行けるかわからないこと。怖かった。こんな恐怖は経験したことがなかった。もし葬儀に行けたとして。彼の遺影を目にしたら、自分はどうなってしまうのか。立っていられないかもしれない。気が変になって、何もできなくなってしまうかもしれない。

「紗也子にいっしょに行ってほしい場所がある」

送って数秒でスマホが震えた。紗也子の名前が表示されている。

「いま話せる?」と紗也子は言った。

「ううん」

扉一枚隔てた部屋に愛子がいた。リビングのソファからは夫のいびきが聴こえてくる。

「そうだよね。いいよ行こう。どこだろうとつきあうよ」

それだけ言うと紗也子は通話を切った。

裕介の妻のインスタに載っていた斎場に車を停め、砂利道を歩いているとき、既視感を覚えた。ぐるりと見渡して、思い出した。瀕死のハチワレ猫を預けた寺だった。

裕介の妻は席を外していて、妻の妹だという人がわたしたちに対応した。へそ出しミニスカだった。黒ならなんでもいいの? と紗也子がわたしに耳打ちした。裕介が飲食店を経営していたころ取材してフリーペーパーに記事を書かせてもらったことのあるライターだと名乗った。紗也子のアイディアだ。香典を渡し、祭壇の方へ歩いた。棺はずいぶん高いところに置かれている。

がくがくする膝を折り、正座して、項垂(うなだ)れるように手を合わせた。

晶ちゃん。

彼にもう一度、名前を呼んでほしかった。あの笑い声を聴きたかった。真摯な、心の底からの言葉がもう手に入らないことを認めたくなかった。

瞼をひらき、棺を見上げた。遺影の彼はおそらくわたしと出会う前の彼。わたしはこのときの裕介もそのもっと前の裕介も、いっしょにすごしていた頃の彼も、大切に思っていた。未来の彼も大切にしたかった。でもそのことを口にしてはいけないと思っていた。

ひと気のない路地を歩いているときや、裕介の部屋を出るとき。わたしが背伸びすれば、彼はキスをしてくれた。掌を閉じたり開いたりして見せたら、大きな手で握ってくれた。二人だけのコミュニケーションはもう戻らない。

線香から立ち昇る煙に目を奪われる。

裕介がわたしにとってうしなえない存在であることを、わたしは彼にちゃんと伝えることができていたのだろうか。わたしではだめだったのだろうか。ふいにやわらかなぬくもりを感じた。膝にちいさな手が載っている。裕介の娘だった。娘はわたしの膝に手を置いたままほほ笑むと、太腿にごろんと寝転んだ。まだ小学校にも上がっていない、ちいさな女の子。少しめくれた唇が裕介とそっくりだ。娘はわたしの膝枕でタブレットにパスコードを打ち込み、アニメを観はじめた。誰かと通話していた妻の妹が気づき、遠くからたしなめる。娘は微動だにしない。このままで問題ありませんと笑顔で首を横に振った。何を見てるの？　日本語で尋ねても反応がなかったのでタイ語に切り替えた。タイトルを口にする愛らしい声。骨に染みていくぬくもりが、裕介の後ろ姿を呼び起こす。娘が描いた自分の顔を捜して、泥の夜道の奥深くへ進んでいった裕介。いかり肩が徐々にちいさくなって、闇に溶ける。

どこからかナンプラーとレモングラスの匂いが漂ってきた。裏の調理場から年配の女たちの声が聴こえてくる。拳銃で自殺するなんてね。よっぽどひとりが耐えられなかったのかね。かわいそうに。

「どこの会社ですか?」

帰り際、妻の妹がわたしに尋ねた。右手にスマホを握りしめている。

紗也子がわたしの一歩前に出て、てきとうな社名を答えた。

「フリーペーパーって何年の何月号ですか?」

話しているのは紗也子なのに、妻の妹はまっすぐわたしだけを見つめている。

「姉がもうすぐ戻ってくるので、あと少しここにいてくれませんか」

「すみません。このあと予定があって」

「じゃあ、いっしょに記念写真を撮りましょう」

「日本人は葬儀でそういうことはしないので」

紗也子がわたしの手を引いた。後ろ姿を撮られたような気がした。振り返って確かめたりはしなかった。タイのスマホはシャッター音が鳴らない。車に乗り込む直前、擦り寄ってきた猫がミャアと太く鳴いた。裕介がたすけた黒と白のハチワレ猫だった。

*

「あのときすでにコロナだったら、あの子に出会うこともなかったのかな」

本帰国して四年経つ紗也子の声は、バンコクにいた頃と湿度がまるで違う。いまにもスコールが来そうな空を見上げながら、わたしは考えを巡らす。

コロナだったら、あの駐妻専用風俗店は閉まっていただろう。もし営業していたとしても、わたしたちは行かなかっただろう。

あのときすでにコロナだったら、夫の夜遊びに病む駐妻はきっともっと少なかった。

あのときすでにコロナだったら、裕介の経済的な行き詰まりも自死も早まったかもしれない。

紗也子の夫に帰国の辞令が出たのは、裕介の葬儀の半年後だった。それから紗也子が本帰国する日まで、二人でいろんな場所を訪れた。寺。川。市場。ＢＴＳや舟やタクシーに乗った。バスにも乗った。行き先は決めず、来たバスに適当に乗って、料金徴収係に降車場所を訊かれると終点と告げた。声はなかなか届かなかった。車内には運転手がセレクトした歌謡曲がとんでもない爆音で流れており、料金徴収係と顔を近づけ大声を飛ばし合ってようやく通じた。ソーシャルディスタンスも何もあったもんじゃない。てきとう、ゆるゆる、なあなあ。タイのこういうところが好きだったんだよ。笑って涙ぐみながら紗也子が言った。市場で買ったロンガンや釈迦頭(しゃかとう)などのフルーツを食べ、食堂でビアリオやシンハーやチャーンを呑み、どぶ川の臭いを記憶した。ナーナーの駐妻専用風俗店にも行ってみた。全体的に白っぽくてまばゆい、オーガニックスイーツ店になっていた。

「マリさん、どうしてるかな」

感慨深げに紗也子が言った。

わたしたちと同じアパートに住んでいたマリは、本帰国の日にスワンナプーム空港で失踪した。迎えにきたタイ人の若い男と駆け落ちしたのだ。男は原付バイクでやってきたらしい。空港を、ビジネスクラスの飛行機ではなく、ぼろぼろの原付バイクで出たマリの出奔は、ここ十数年で起きたどの事件より在泰日本人界を賑わした。

「元気にしてるんじゃない」

「そうだね。あの澄ました横顔で、どっかで愉しく暮らしてるよね。でもなー、ほんとすごい。あの道を選べる日本人、なかなかいないよ」

マリはタイ人の恋人と生きる道を選び、裕介は生きない道を選んだ。

裕介の家に向かうときいつも使っていたバイタク乗り場は、この五年弱、一度も通っていない。ナーナー駅の奇数側を見る度に、心がざわついた。彼の家は売りに出され、すぐ次の家族が住み始めた。事故物件なのにという心ないコメントをＳＮＳで見てしまい胸が苦しくなった。

「あ、懐かしい鳥の声！」

紗也子が声を上げた。Regret, regret と啼いているように聴こえる鳥の声に、耳を澄ます。ソファから立ち上がって窓を開け、通話中のスマホを空にかざした。

「ありがとう。よく聴こえた。本帰国したらタイマッサージ屋さんとかバミー屋台とかの匂いが恋しくなると思ってたんだ。でも実際はさ、音をいちばん思い出すよ。濡れた地面を裸足で歩く僧侶の足音とか、その大きい、澄んだ鳥の声とか」

　紗也子が帰国してから、いろんなことが変わった。中絶に関するタイの法律も、わたしの生活も。わたしは夫と離婚した。「きみには感謝してる」。わたしがあのアパートを出ていく前の晩、夫は言った。「でもこの数年間ずっと孤独だった」

　愛子は基本的に夫の家で暮らしているが、わたしのアパートへも週に一度は泊まりにくる。贅沢はできないけれど、好きな時間に読んだり書いたりできるようになった。会いたい人に会えるようになった。もっと早くこうしていたら、裕介が死なずに済んだいまがあっただろうか。あのインスタのモノトーンは、彼が光をうしなった証拠だった。

　裕介の死後わたしはわたしじゃなくなった。叫びだしそうなほどに。裕介が死んで、自分のずるさ醜さを諦めざるを得なくなった。わたしは自分ではどうしようもない力によって、裕介との未来を諦めたかったのではないか。

　今日の続きに明日がない。裕介の死を知る前の自分にはもう戻れない。世界は昨日と同じように続いているのに、裕介だけがいない。裕介の死んだ世界にわたしはいつまで経っても馴染めない。世界の明度は落ちたままだ。

　いつか死ぬのだし、裕介の死にたくない死に方で死ななくてよかったと思ったこともある。晩年の裕介がひとりでかわいそうだったというコメントもSNSで見たが、彼は基本的にひとりで静かに過ごすことを好む人だった。だからよかったのだと思う。

　だからよかったと思いながら、わたしの胸は押し潰されそうだった。ほんとうはよくなんかないから。裕介が死んで悲しいから。もう裕介の声を聴くことはできないし、同じタオルケットに包まることも、キスすることもできない。

なんで死んだの？　それでどこに行ったの？

「東京のコンビニの会計、超システマティックになってるんだよ。ぜんぜん触れ合わないの」

「店員さんとのやりとりが唯一オキシトシンを分泌する手段だった人はどうするんだろうね」

「でたオキシトシン」

紗也子は笑って続けた。

「私、タイに住んでよかったよ。タイに住んでから、他人にあんまり期待しなくなったもん。常識がまったく違う人と毎日毎日接して、わかりあえなさがわかったっていうか、でもわかりあえることもあって、わかりあえるのって奇跡なんだなって、理屈じゃなく理解できた」

「夫に対してもそう思える？」

「思えない」

紗也子はきっぱり言った。

「旦那は別なんだよ。旦那にはいまだに期待しては腹が立っての繰り返し」

窓から熱風が吹き込む。鳥の気配はもうない。わたしは窓を閉じて再びソファに座る。

「ねえ晶ちゃん。私、最近ようやくこの街の匂いがわかってきたんだ」

夏の終わりの東京で、紗也子が言う。

「本帰国から三年以上、ずっとマスクしてたから」

ひとりだ、と思う。世界のどこにいたって、わたしは完全にひとり。

「ああ、バイタクが恋しいな。こないだ旦那と、炎天下の交差点で話したんだ。もしここにバイタクのドライバーがたむろしてたらどんな感じかなって」

くすんだオレンジのベスト。椅子に寝そべりYouTubeを見て笑う男たち。ベンチの下に散らばる吸殻。彼らの待機場所が都心の交差点にあったとしたら。わたしはその光景を頭のなかに描く。

「どこどこ行きたいって伝えて、原付の後ろに跨るでしょ。ノーヘル横座りで」

信号が青になる。思い思いの方向へ進む人々。勝手気ままな車線変更。

「ぶつからない、立ち止まらない、たとえ渋谷のスクランブル交差点だって、バイタクの人たちはきっとうまくすり抜けると思うんだ」

窓の外を白い大きな花が落ちていった。たぶんプルメリア。鳥だったかもしれない。どちらでもいいと思った。

パ！

売春していた過去について澄花（すみか）が話し始めたとき、わたしが感じたのは疑問だった。なぜそんな話をしようと思ったのか。なぜそれをわたしに語ろうと思ったのか。逆の立場なら、バンコクのママ友相手にわたしはそれを話さない。しかも二人きりで会うのがはじめてで、おそらく最後であろう人に。

待ち合わせは朝の七時。目的地である高級ホテルの最寄り駅だった。

ボストンバッグを肩にかけ文庫本を開いていたわたしの前に立った澄花は照れくさそうな笑みを浮かべ、挨拶もそこそこに「パ！」と歩き出した。「さあ、行こう」という意味のタイ語だ。

剃髪にスーツの男性。スタバのユニフォームを着た若者。青い半ズボンからすね毛の生えた脚を出す男子高校生。通勤通学の人波に逆らって、わたしたちはシャンパンを呑みにいく。

「晶ちゃん、大荷物。このあとどこか行くの？」

「そう、ちょっと北に」

北かあ、と澄花は笑った。

「何時に出なきゃとかあったら言ってね。ありがとうね、そんな日に」

煌びやかなデパートの前で組み立て中のクリスマスツリーが視界に入った。続きはまた明日、と言わんばかりに部品が散らばったまま放置されている。

「ううん、こちらこそ。今日はありがとう、時間作ってくれて。送別会多いでしょう」

「そうでもない。私友だち少ないから。あ、先週奥様会があったけど」

「奥様会ってどんな感じ?」

「そっか。晶ちゃん未経験か。うちの旦那の会社は幸いそんなかしこまってないけど、会社によってはお揃いのパールのネックレスつけるとか、駐在前にお世話になりますって日本から手紙書かなきゃいけないとか、いろんな決まりがあるみたいね」

澄花は来週、本帰国する。還暦間近の夫と、五か月後、大学生になる娘の亜香里と三人で。

「あーどうか亜香里が第一志望に合格しますように」

「大丈夫。亜香里ちゃん賢いから」

「いやあ、いまだにしちは三十五って言っちゃうような子だよ?」

タイ語で五はハーという。両親ともに日本人だがタイ生まれタイ育ちの亜香里は、八だかハーだか五だか時々わからなくなってしまうらしい。

澄花とわたしは互いの娘が日本人学校の小一のときからの知り合いで、中三まで三度同じクラスになった。当たり障りのない会話以外交わしたことはなく、保護者会や運動会、あるいは子どもが一人で道を歩く習慣のないこの国で遊び場まで送り迎えする際、顔を合わせる程度の仲だった。それが先週シーロムの路上で偶々会ったとき、もうすぐ本帰国するからよかったらランチでもと声を掛けられたのだ。ＬＩＮＥでやり取りするうち二人とも呑めるということがわかり、ランチは朝シャンパンになった。

「日本で暮らすの二十一年ぶりなんだ」

「サバイブできる？」

尋ねたら間があいた。

「しなきゃね」澄花は笑って首許のネックレスを弄った。「愛子ちゃんはインター校、自分で電車に乗って通ってる？　うちは毎日送り迎えしてるけど」

「同じだよ。愛子は元夫の実家から車で通ってる」

「だよねえ。私今回の家探し一時帰国で、小学生の子が一人で移動してるの見てひやひやした。日本は電車や地下鉄に乗る前に手荷物検査がないんだもん。無差別殺人も痴漢も怖い」

「柵のないホームも多いよね」

「だから人身事故が多いのかな。一度、朝の駅で女子トイレの個室に９％酎ハイの空き缶を見つけてさ、衝撃だった」

そっちの方が一瞬で死ねそうだけどな。裕介の声が蘇る。ワニ園に飛び込んで自死した女性の話をしていたときだ。もしもＢＴＳ(高架鉄道)にホームドアがなかったら、裕介は拳銃を自死の手段に選ばなかっただろうか。もしもタイで拳銃が手に入りにくかったら。

アボカドとざくろの実がのったドイツパン。鴨のレバー。ルッコラと無花果のサラダ。コールドカット。ヤムウンセン。彩りよく盛られた皿の上で、わたしたちはシャンパングラスを合わせた。

ビュッフェ形式の豪奢な店内に、客は澄花とわたし以外二組しかいない。宿泊者と思しき欧米系の老夫婦と、前掛けをかけて食事するアジア系マッチョふたり。ひそやかな笑い声と食器の触れ合う音が、ＢＧＭのクラシックピアノと心地好く混ざっている。

「同じアパートの奥さんがパン教室やってるって、翔くんのママが怒ってたの憶えてる？」

ヤムウンセンのパクチーをよけながら澄花が言った。

亜香里と愛子と翔が同じクラスだったのは小五のとき。翔の母親が憤慨していたのは、日本人駐妻がタイで収入を得るのは違法なのに、レッスン料を取ったりパンを売ったりしていたから。

「憶えてるよ。挨拶もおすそ分けもない。パンの焼ける匂いだけ漂ってくるって言ってたよね」

「そう。それ聞いて晶ちゃん、こんな顔してた」

澄花が眉を上げた。そうだったかもしれない。相当驚いた記憶がある。

「あのとき、ああこの人と話してみたいなあと思ったんだ」澄花は半分残っていたシャンパンをひと息に呑みほし、腰を上げた。「思ってるうちに七年も経っちゃった」

グラスが空くとすぐ新しい一杯が注がれる。ふたりともすでに四杯目だ。

　翔は一時期、女子によく性器を見せていた。休み時間、ひと気のない廊下や階段の片隅で。女子の保護者のあいだでは有名な話だったが、翔の保護者や教師の耳には届いていないようだった。

「翔くんのママさ、『うちの息子は奥手だから』って言ったんだよ」甘いものを数種盛りつけて戻ってきた澄花が、席に着くなり言う。「『人畜無害』とまで言ったんだよ」

「人畜無害って良い意味だっけ。なんの影響も与えない、つまんないみたいなニュアンスじゃなかった？」

「そうなの？　さすがライターさん、言葉をよく知ってるね。じゃあ私が受け取り間違ったのかな。でも奥手って言ったし、たぶん翔くんのママは良い意味で使ってたと思う。私は自分がクソだってわかってるから自分の娘だって何があるかわかんないと思うし、そんな言葉絶対使えない。あーごめん」

「なにが」

「クソとか言っちゃった。晶ちゃんはいつもきれいな言葉使うのに」

　ホイップクリームと苺の載ったクロワッサンに澄花のナイフが沈み、パリパリと欠片が散らばる。

「晶ちゃんと違って私は、いまここでこうしてるのがぜんぶ夢でしたって言われたら、だよねって納得するようなクソみたいな人生送ってきたんだ」

　確かにわたしはクソという言葉が嫌いだ。でもそれは汚いからというより、KとSの組み合わせが、有気音が弾けるようで強くて苦手なのだと思う。

澄花がフォークを苺に突き刺し、ホイップクリームをたっぷりつけて口に入れた。

「若い頃は生理前になると生クリームの載ったケーキが食べたくて仕方なかったな。でも昔のタイって、クリームといえばバニラクリームしかなかったじゃん？」

バンコクの街中を象が歩き、スワンナプーム空港もエムクオーティエもなく、フジスーパーでカチカチの豆腐しか買えなかった時代。わたしが二十代半ば、澄花が二十歳そこその頃、わたしたちは同時期にバンコクで現地採用として働いていた。わたしは日本人向けのフリーペーパーを発行する会社で。澄花は「誰でもできる職を転々とした」ということ以外聴いていない。

「あの頃知り合ってたらどんな感じだったかな」

何気なく口にしたわたしを見て、澄花がゆっくり一度、瞬きをした。

「あの頃の私とは、晶ちゃん友だちになってくれなかったと思うよ」

「どうして」

「病み期で、四十キロ切っててど貧乏で、ワンナイト繰り返して性病にかかったし中絶もした。ガンジャー(大麻)もやった」

中絶という言葉に胃が軋(きし)む。

紗也子をあの闇医者へ連れて行ってから、六年経った。つまり裕介の死からもう六年が過ぎたのだ。本帰国した紗也子は、あれほど揉めた夫ともそれなりに仲良く暮らし、日本の四季や食べものやサービスを満喫している。

裕介の死後数か月は、常に異常なほどの眠気に襲われ、日中も起きていることがつらかった。放心状態で、いつもふわふわしていた。同じ夢ばかり見た。ナーナー駅の奇数側。慣れ親しんだあの場所からバイタクに乗る。生ぬるい風。どぶ川と、腐った食べものと、道路にへばりつく汚物の臭い。どこまで進んでもバイタクは裕介のアパートに辿りつかない。

「いまもやる?」

「やるわけない。そんなつまんないことでこの生活をうしないたくないからね」

細身の男性スタッフが二人、仔猫みたいにじゃれ合いながら近づいてきて、ひとりが澄花のグラスにシャンパンを注ぎ、もうひとりが空いた皿を下げた。炭酸水を頼むとカポーン（承知しました）とほほ笑み、またじゃれ合いながら戻っていく。

「そういえば一時帰国中、日本の男はタイの男より淋しそうな感じがしたな。まあ、言葉が通じるから感情を理解しやすいってだけかもしれないけど」

話す澄花の背後に、背の高い看板広告が見える。ジャパニーズスタイル弁当と書かれた箱の中身は鮨。この国に暮らす何割の人が、日本人は弁当に鮨を持っていくと本気で思っているのだろう。

「なんて先入観か。日本人の旦那が何言ってるかさっぱりわかんないときもあるもんね。英語やタイ語で話してて日本語より通じ合えたって痺れた瞬間もあったし」

「少ない語彙から選ぶ伝わりやすさってあるかも」

「そうそれ。日本人同士だと選択肢が多いんだよね。自分も相手も。それにその言語を操れる人って勝手に安心して話すから、無意識のうちに意思疎通のハードルを上げちゃってるの。受け取る側も脳が楽するんだよね。今回の一時帰国中も、何もがんばらなくても言葉が頭に入ってくるからどんどん自分が馬鹿になっていく感じがしたよ。タイで毎日使ってた脳の、ある部分を確実に使わなくなってるっていうか。本帰国したらもっと退化していくんだろうなあ」

またネックレスを弄ぶように触り、ところで、と澄花がわたしを見て笑った。

「晶ちゃん、タイ人の旦那さんと別れたあと、何人とやった？」

炭酸水の入ったグラスがテーブルに置かれる。タイ語でありがとうと言って、日本語で誰ともしてないと答えたわたしに、澄花が質問を重ねる。

「最後にしたのはいつ？」

炭酸水を口に含む。マナオの皮が唇に当たってほんのり苦い。

「六年前」

自死する直前の裕介と、彼の部屋でした。あれが最後。

相手は元夫かと訊かれ、無言でうなずく。シャンパングラスを呷って澄花は言った。

「私は五年前。そのときうちの旦那バイアグラ使ったんだけどさ、すっごく硬くなったの。太鼓の達人みたいにドン！　って。でも途中から心臓バクバクになっちゃって、死んだらどうしようって怖くなって、それっきり。大丈夫だよって旦那は言うけど死なれたら困るから」

「旦那さんのこと愛してるんだね」

「うん。たるんだお腹も加齢臭も愛おしいよ。私たち、毎日いっぱいおしゃべりするんだ」

「そんなに話すことある？」

「もしなかったら、バラエティ番組でもYouTubeでもなんでもいいから観ながら感想を伝え合うの。会話を諦めちゃだめなの」

「でもさっき話してたみたいに、何言ってるかさっぱりわからないときもあるでしょう」

「ある。けど同じ言語を使いこなす人の話す内容が理解不能なときって、よっぽど高度な専門分野について話されてるとか、片方がものすごく疲れてるとかじゃない限り、わかろうとしてないか、その人のことが好きじゃないか、どっちかだと思うんだよね。ていうかわからなくても差し支えないトピックもあるじゃん。他愛もない雑談とかさ。仕事だとそうもいかないけど。それを思うと、タイ語の勉強はじめたばっかりの頃は、緊張感あったなあ。そもそも相手が喋ってるのが肯定文なのか疑問文なのかすらわかんないんだもん。疑問文だったら答えなきゃいけないし」

思い出し笑いをしてシャンパンを呑み、澄花は続けた。

「淋しいって言葉ひとつとってもさ、ニュアンスが摑みづらかったよね。辞書には『淋しい』って訳してあるけど、私の口にする淋しいは相手にとって、もっと重くて深刻な淋しいなんじゃないかとかさ、考え出すときりがなくて。日本語を母国語とする私がタイ語を母国語とするタイ人とタイ語で会話するときもそうなんだから、フランス語を母国語とする人と私がタイ語で会話するときなんて、もう正解なんてほぼない感じだよね」

「それでも日本語を操る者同士より通じ合えることもあるんでしょう。それは、どうしてだろうね」

すかさず注がれた新たなシャンパンに口をつけ、澄花は言った。

「結局は、知りたい、笑顔にしたい、関係を良くしたい、そういう前のめりな感情で人は通じたって満足感を得るんじゃないかな」

「わたしは誰かと通じ合うなんて幻想だと思う」

「へ、そうなの？　晶ちゃんがそんなこと言うなんて意外」澄花は座りなおして言った。

「幻想じゃないよ、晶ちゃん。伝わらないからって話すのをやめちゃったら、お互いを理解することを諦めてしまったら、一生知り得ないことが、この世界にはたくさんあるんだよ」

「で、六年前のセックスはどうだったの」

言い終えると立ち上がり、澄花は再びビュッフェコーナーへ歩いていく。

戻ってきた彼女の皿には、パッタイと生ハムとドラゴンフルーツ。だいぶ酔いが回っているようだ。

「よかった？」

「よかったよ」

「いいセックスには何が必要だって、晶ちゃんは思う？」

「コミュニケーション」

即答した瞬間、途方もない空虚が蘇り息苦しくなる。元夫に対してまだ伝わることを諦めていなかった頃。いやほとんど諦めながら期待を捨てきれずにいた頃。涙を堪えて言葉を探したことがあった。たった一言を口にするために幾千もの言葉を吟味した。極度の集中と緊張のなかでやっと見つけ出したその言葉を絞り出しながら、それでも伝わらないかもしれないと思うと恐怖に包まれ、胃やこめかみが痛んだ。元夫の顔には憤怒とかすかな困惑が浮かんでいた。

知りたい。笑顔にしたい。関係を良くしたい。澄花が言ったように、相手に対する関心や尊重、自分の考えを変える心づもりは、その人と通じ合うために重要だ。けれど元夫にそれらがなかったことを責める権利はない。それはもしかしたらわたしが先にうしなったものかもしれないから。

わたしにとって裕介とのセックスはコミュニケーションであり、言葉だった。

ＢＧＭがピアノからギターに替わり、軽快なカスタネットが重なった。

フラメンコだ。わたしたちはしばらく黙って音楽に耳を傾けた。絶頂に達しそうなのに簡単には辿り着かせてもらえず、もどかしく感じながら身を委ねているうちに最後にはかつてないほど昇り詰める、そんな曲だった。いつの間にか澄花は目を閉じてシャンパングラスの脚を摘まんでいる。泡たちが競い合って上り、水面で弾ける。浮上する泡とグラスに張りついたままの泡の違いはなんだろう。曲の終わりと同時に澄花が瞼をひらいた。

「さっき病み期だった話したじゃない？　その最後ら辺、土木関係の駐在員とつきあってたんだ。あした死ぬってなっても確実に連絡なんかしない、いまとなってはどうでもいい男だけど」

*

彼と知り合った当時私が働いてたのは、在泰邦人のなかでも底辺中のど底辺、日本語を喋れる人ならだれでも入れる会社だった。なんでタイに行こうと思ったか？　家を出たかったんだよ。できる限り離れたかった。別に虐げられて育ったわけじゃないけど、実家に愛着や居心地の好さを感じたことは一度もない。親や兄といてリラックスとか、わかんないまま大人になっちゃった。え、晶ちゃんも？　そうなんだ。なんかうれしいな。もっとこういう話してたらよかったね。

私の最終学歴は、ビジネス専門学校中退。奨学金とクレジットカードの借金抱えて働き始めた工場で、派遣切りに遭った。そんな女を採用してくれた、家から最も遠い場所がバンコクのその会社だった。タイに行きたかったというより、タイしか行けなかったんだよね。

そこは日本にいたら関わりたくない人間の巣窟だった。敬語もマナーも身だしなみも変。特に男は挙動不審で意思疎通の難しい人が多かった。私も人のこと言えた義理じゃないんだけど、なんせ最年少だったから、まだまだこれからって思えたんだよね。

つらかったのはとにかくお金がないこと。お金のことばかり考える自分が厭だった。百円位のクソみたいな煙草喫って五百円位のぺらっぺらのワンピース着て、洗濯は手洗い。マニュアルこなすだけの仕事してバイタクのおじちゃんに交ざって屋台メシ食べて日焼け止め買おうかどうしようかBootsの棚の前で三十分悩んで結局やめて。髪はセルフカット。オンとオフしかない炊飯器を知り合いにもらって久々に米買ったら密封が緩くていつの間にか蟻が入り込んでて絶望したり。もう駄目だって何度も思った。ファラン(欧米人)の多いバーでセクハラ受けながらバイトして、英語は上達したけどお金は全然たまんなくて。でも日本に帰るのだけはプライドが許さなかった。帰国したって家具を一から揃えるお金なんかないし、年金だって払ってなかったからね。

移動は全部徒歩。どんなに遠くても暑くても土砂降りでも、ひたすら歩いた。

タイに来て一年経った頃、スコールがざあざあ降ってる中、目を疑うような光景に遭遇したことがあるんだよ。冗談みたいな大雨で、道路は冠水。バイクのタイヤが半分水没してるような道で工事をやってたの。ミキサー車からコンクリートを道路に流してた。やったそばから流れていくのにだよ。俺はやれと言われたことをやっているだけだ、あとはどうなろうと知ったこっちゃない、って感じで。

それ見て思ったの。あれ私の毎日じゃん？　って。

濁った水に呑まれていくコンクリートを目で追いながら、猛烈な焦りが込み上げてきた。結婚したい。日本の家族や友だちを見返せるような男と結婚したい。それが私の望みだった。

それから私は、条件のいい日本人男性と出会うための努力をした。

私にはひとつだけ持っているものがあった。若さ。バンコクに暮らす日本人のなかで二十二歳の女っていうのは希少価値があった。私は節約に節約を重ねて、日系美容院に行って日本にいる日本人みたいな髪型にしてもらった。まともな日本人の男と出会う機会がありそうなときだけ着る服を買って、その一着は汗やニンニクや煙草の臭いがつかないように、ふだんはハンガーに掛けて仕舞っておいた。

駐在員の彼とは、在泰邦人の若者が集まる呑み会で知り合った。雲の上の人っていうのが第一印象。まだ三十そこそこなのに知性と落ち着いた色気が溢れてた。タイと日本、両方から給料もらってる彼には余裕があって、仕事も日本にいる同年代より自分の裁量で動かせる範囲が広いから自信に満ちてて。とにかく私がふだん接する日本人とはまったく違った。シャツはイタリア製、美容院もスポーツジムもいい店を利用してるからみすぼらしさなんて欠片もなくて。

彼から連絡がきて、食事でもって誘われたときは天にも昇る心地だったな。拳握って雄叫び上げたくらい。

ただ……話の内容はクソつまんなかった。仕事できる自慢、モテる自慢、上司の愚痴、タイ人の悪口。延々そのループ。でも、それでもうっとりしちゃってた。恋愛ってほんと判断力鈍らすよね。

彼とつきあいはじめてから私、必死でやったんだ。料理、アイロンがけ、タイ語と英語。

日本の新聞だって読んだ。すべては彼と結婚するために。特に英語は猛勉強した。人生であんな努力したことないってくらい。彼がこの先赴任することになる国で、妻として彼を支えなきゃって思ったの。

あるとき彼が、俺の作ってる橋を見に来ない？　って誘ってくれた。

当時彼は、タイとA国との国境に架かる巨大な橋の建設に携わってて。A国の湖畔にちいさいけど雰囲気のいいホテルがあるから、そこでおいしいものを食べてのんびりしよう、って言われたの。あ、プロポーズされるんだって思った。なんでだかわかんないけど、百パーセントに近い確信でそう思ったんだよね。

そこで、とんでもないことが起きたの。

A国入りした初日、日が落ちてからホテルのテラスでイタリアン食べながらワイン呑んでるとき、彼がとつぜん不機嫌になった。私の発言の何かが癪に障ったんだろうね。そういうことはそれまでにもあって、謝罪と称賛を繰り返してれば収まるのが常だった。でもその日はなぜか、どれだけ下手に出ても彼の怒りが消えなかったの。だいたいおまえはがさつすぎるとか英語の勉強はどうなってるんだとか飛び火しまくって、もうパニック。こんなことで私たちの将来が消えたら困る。部屋に戻ると彼が望むことをすべてやった。となりのバンガローで馬鹿騒ぎするファランの笑い声をＢＧＭにね。彼の寝息が聞こえ始める頃には、湖畔でヤモリやカエルが鳴いてた。ああこれで大丈夫って思ってた。翌日どんな怖ろしいことが起きるかも知らないで。

朝、彼を送り出して、ベッドの上の蟻たちを手で払って二度寝して、飛び起きてメイクしてバイタクに乗って、彼に教えられた橋へ向かった。

ものすごい光景だった。圧巻っていうの？　ぞっとするほど水量が多い、見たこともない巨大な川で、ヘルメットを被った大勢の人が作業をしてた。すさまじい金属音が鳴り響いて、建設中の橋には首が痛くなるくらい高いクレーン車が載ってて、何トンあるのか想像もつかない大きな資材を吊るしてた。

着いたって彼にメールを入れたら、電話がかかってきた。

「いまどこ？」

「高床式のコンビニみたいなお店の前」

「あー、隣にお守り売ってる露店ある？」

あるって答えた瞬間、空でドーンと音がして、地面が揺れた。

なにもわからないまま咄嗟にしゃがんで空を見た。発生源は空じゃなかった。橋だった。さっきまでクレーンで吊るされてた大きな資材が建設中の橋に落ちて、その衝撃で橋の一部が崩壊しはじめてたの。

胴が震えた。だって人が、次から次へと川の上空に放り出されてるんだよ。蟻みたいに。

電話は切れてた。かけ直しても繋がらない。信じられない数の人間が大声でわめきながらこちらに向かって駆けてくる。阿鼻叫喚、もう地獄絵図よ。私も彼らに混ざってわけもわからぬまま走った。逃げ惑う人たちの言葉はタイ語でも英語でもなかった。怖くて不安で、走りながら何度も彼の携帯を鳴らした。けど出てくれない。ここまで来れば大丈夫だろうって場所で足を止めて鞄を探って、最悪なことに気づいた。ホテルの鍵がなくなってたの。どこかで落としちゃったんだと思う。頃合いを見計らって捜しに戻ろうって決めて、また携帯を鳴らした。

いよいよ充電が切れるっていうとき、やっと彼が出た。

「いま話す余裕はない」

「待って！　切らないで。ホテルの鍵がないの、どこに行けばいい？」

「自分で考えろよ、それくらい」

病院！　ボート！　担架！　英語で指示を出す彼の意識を、こっちに向けたかった。

「私のことは心配じゃないの？」

「それどころじゃないんだよ！」

なんでだかわかんないんだけど私、いちばん言っちゃいけないことを、よりによってそのタイミングで言っちゃったの。

「私たち結婚するんだよね？」

「ほんっと頭悪いな。俺とおまえじゃ釣り合わないだろ」

手が冷えて身体が固まった。通話と充電どっちが先に切れたのかはわからない。泣きながら、彼にあんなこと言っちゃう前に切れてたらよかったのにって思った。じゃあなんでゴムつけないでセックスしたんだろう。なんで子どもとキャッチボールしたいなんて言ったんだろう。なんでなんで。

ホテルに帰るしかなかった。フロントでパスポートを見せて事情を説明すれば部屋に入れてくれるはず。気力を振り絞って炎天下の酷い道を歩きはじめて三十分経った頃、愕然とした。方向まちがってたの。とりあえず来た道を戻って彼の現場の人に地図を描いてもらおう。うまくいけば親切な誰かが車で送ってくれるかも。そう思ったけど、日本と違って平らじゃない、一歩ごとに体力が吸い取られる道を、歩く気力がもうなかった。踝と踵と指が痛くて、サンダルに血が滲んでた。

親切そうな老人に道を尋ねた。通じない。次は若い人に声をかけてみた。駄目だった。ホテルの名前を、どんなふうに発音してもわかってもらえないの。このまま何日も帰れなかったらどうなるのかなって想像した。ど底辺会社の上司が私の携帯に電話をかけてくる。いや、かけてこないかもしれない。突然出社しなくなる社員なんかざらにいる会社だった。もしかけてきたとして、さらに万が一日本の緊急連絡先である従妹にまで電話がいったとして、適当な彼女のことだから一、二週間は様子を見るだろう。そしてようやく日本の警察に届が出され、タイの警察にも連絡が行き、形ばかりの捜査がはじまる。かもしれない。土木の彼は知らぬ存ぜぬを貫き通し、私の失踪は突発的な家出として処理される。終わり。

想像すればするほどその未来しかない気がして、話の通じる人を探し彷徨(さまよ)いながら、子どもの頃七夕の短冊に「道に迷いませんように」って書いたことを思い出した。私は、いつになったら道に迷わなくなるんだろう。そう思ったら泣けて仕方なかった。私はカンカン照りのだだっ広いでこぼこ道を歩いた。足痛い、喉渇いた、ってぶつぶつ言いながら。

涙をぬぐって顔を上げたら、そこに市場があった。ふいに霧が晴れたって感じの現れ方だった。怪しげなテントのひとつに近づいてみると、並んでたのはガスマスク。未使用品ではなさそうだった。階級章のワッペンや警察のバッジ、身分証なんかもあった。あまりのいかがわしさにほんの一瞬、自分の置かれた状況をわすれて気分が高揚した。

「軍服を見せていただきたいのですが」

英語が聴こえた。驚いて顔を向けると、隣のテントでファランの男が店主に話しかけてた。店主は手慣れた様子で彼をテントの奥に誘った。

私はこっそり彼らの後をつけた。英語の通じる彼にホテルの場所を教えてもらおうと思ったの。ファランが私に気づいたのは、店主がネイルサロンのガラス扉を押してなかに入っていったとき。何気なく振り返った彼は、私を見て一瞬驚いた顔になったけど、すぐウインクが続いて手招きされた。

「ガールフレンドもいっしょにいい？」

私の肩を抱いて彼は尋ねた。店主の怪訝そうな眼差しが私の全身を何度か上下して、ジーもしくはイーからはじまる、おそらく「日本人」という言葉を口にしてうなずいた。どうでもいいけど、海外における日本人女性の警戒のされなさって驚異的だと思わない？

「この店は軍の放出品を売ってるんだ」

ファランが私に耳打ちした。

ネイルサロンの奥の部屋には、テントとは比較にならないくらい衝撃的なものがたくさん置いてあった。ロシア製の自動小銃、中国製のトカレフ、手榴弾。額縁の裏からも色んなアイテムが出現した。結局彼は軍服を二着買ってそこを出た。ずっと探してたレアなものだったらしく、鼻歌なんか歌っちゃってご機嫌だった。

ネイルサロンの前の通りでは焼き鳥売りのおじさんが炭を焼いて、子どもたちが笑いながら駆け回り、おばあさんがペットボトルにガソリンを小分けして売ってた。平和だなあって思った。実際はぜんぜん平和なんかじゃなかったのにね。生きていたら時々想像を絶する事態が起こる。そのことを頭では理解してる。でもいざそれが起きると、動揺を安定にもってこうとする過剰な平静が起こるんだよね。あのときの私にもそれが起きてたんだと思う。

ファランは私の状況を大まかに確認すると、「ああ、そのホテルなら知ってる。遠いし今夜は用事があるから、明日の朝送ってあげるよ」って言った。

それってつまり、今夜この人とやるってこと？　愛想笑いを浮かべる私に彼は言った。

「せっかくだから、ここでしか見られないものを見て帰ったら？」

やるのは気が進まなかったけど、ここでしか見られないものが何か知らずに帰るのは確かに癪だった。ファランが私を手放そうとしないことにも自尊心をくすぐられた。ホテルに戻ってなくて連絡もとれない私を、彼氏が心配してくれるかもって期待もあった。

市場の近くでファランは軽トラのタクシーを拾った。目的地を告げた彼に運転手は親指を立てて黄ばんだ歯を見せた。軽トラはハイウェイをぶっ飛ばした。犬、アヒル、ボールを追いかける子ども。想像もしないものが次々現れた。気をつけなきゃなって笑いながら運転手は、次の瞬間飛び出してきた鶏を迷いなく轢(ひ)いた。

軽トラを降りると川辺を散歩して屋台に寄った。パクチー抜きでって注文した惣菜でビールをたらふく呑んで、真夜中ディスコに行った。イモリねずみゴキブリが走り回る汚い雑居ビルの薄暗い廊下の奥深く。入口のスタッフは私が日本人だとわかると歯茎を剝き出しにして笑った。

ディスコにはクスリで身体の止まらなくなった人がいっぱいいた。DJはとびきりよかった。気持よく飛べる曲を選ぶセンスがあって。ほろ酔いだったっていうのもあるけど、私はもう、気候と音楽で完全にアウトだった。その上例のファランがそれらしき人物からアイコンタクトでガンジャーをゲットして、近くにいた女の子たちにも気前よくお裾分けして、みんなで個室に入って蠟燭とブラックライトの灯る部屋で喫った。パーフェクトって気分でカーテン開けたら、無数の星がきらめいてた。星の数は地球上にある砂粒の数より多いんだよって誰かが言った。理解できたってことは英語かタイ語だったと思うんだけど。それ聴いて自分の悩みなんてちっぽけだなって思った。私は生きてて、若くて、どこへでも行けるし何にだってなれる。誰かが笑い始めた。つられてほかの人も笑った。私もお腹を抱えて泣くくらい。その笑いは愉快というより逃避、破滅だったってあとになって思うんだけど、ともかくこのときは目の前のファランに感謝した。約束通りここでしか見られないものを見せてくれたし、明日の朝にはホテルに戻れる。そうだ、タイに帰ったら転職しよう。そして新しい恋をしよう。

で、次の日には言葉も通じない国で売春婦になってたの。

目が覚めたときはほんとびっくりした。自分がどこにいるかもわかんないし、例のファランは姿くらましてるし。窓を開けたら地上三階くらいの場所にいて、眼下はバラックが密集する迷路みたいな狭い通りだった。バラックの向こうには汚い川があって、水上にあばら家が並んでた。なにこれ。呆然としてると小柄な男が現れて、じきに客が来るから身体を洗えって言うの。意味わかんないし、だいたいシャワーなんてないの。これで洗うんだって男が示したのは、彼の足許にあった大きな盥。

「こんなことしたら日本の大使館が黙ってない」

　二日酔いでズキズキ痛むこめかみを押さえながら言った。男は笑い飛ばした。

「前金受け取っといて何言ってんだ」

　バッグを確かめると確かに大金が入ってた。書類にサインもしたんだって。

「バンコクに残してる仕事はたいして重要じゃないんだろ？　給料も滞在費も出すし、ここに来るのは上客ばかりだから安心しろ」

　二か月も経たないうちに出られるって言われて、二か月かあって思った。それなら別にいいかって。ばかでしょ？　でもあのときは考えようとしても集中力がないっていうか、なんかどうでもいいっていうか、まあ結果的には貧乏、やけっぱち、好奇心の三点セットで私は売春婦になったんだと思う。

日本の若い女は需要があるんだって男は言った。色白ですべすべの肌。実年齢より若く見えて、怒らず辛抱強く、にこにこ笑って男を立て、礼儀正しく裕福で、ベッドのなかではいやらしい。海外の男のあいだではそういうイメージが定着してるみたいね。私はご期待通り振舞った。自分で言うのもなんだけど、結構評判よかったんだよ。ほら、あの土木の男とのことでプライドが地に落ちてたから、客に悦んでもらえるのがうれしくて。私はほかの子より高価だったらしいけど、それでも客は絶えなかった。私を買えなかった男はほかの子を抱いて帰った。客寄せパンダよね。店の男も悦んで、「スーをスカウトして本当によかった」ってちやほやしてくれた。もちろんいいことばかりじゃなかったけど、そういうときは「もしかしたらいまごろ土木の彼がバンコクのアパートを訪ねて血相変えてるかも」とか「VIP客に見初められてパリやニューヨークに住むことになったらどうしよう」とか妄想して過ごした。

一か月くらい経った頃、二週間限定で店を移動することになった。どうしても日本の若い女とやりたいっていう、どっかの国に駐在してる日本人がくることになって、高級娼館に貸し出されたの。

そこは奇妙なところだった。なんせ客と会話しちゃいけないの。私の場合は客の要望があったから特別に許可されてたけど、部屋の外には出ちゃいけないとかベランダの窓は開閉禁止とか、とにかくルールが多かった。

移動方法からしてすでに変だった。乗車前にアイマスクとヘッドフォンを装着させられたの。でもそこはあの辺の国の人のすることだからどっか抜けてるっていうか、アイマスクは下に隙間があったし、歌謡曲が爆音で流れるヘッドフォンは片耳がブツブツ途切れてほとんど聴こえなかった。山道をだいぶ上ってるなっていうのは身体の感覚でわかった。車を降りると、手を引かれながら建物に入った。どこからか食器の音や、愉し気な笑い声が聴こえてきた。あとになってわかったことだけど、その高級娼館の一階はレストランだったの。

階段を上って、二階の廊下をひたすら直進したところが私の部屋だった。アイマスクを外されるとオセロの黒石みたいなピアスをしたお兄ちゃんがいて、すぐシャワーを浴びろって言った。例の日本人が一時間後に来るからって。ぴちぴちのジーパンを穿いたオセロ男は、ベルトのところにルームキーをじゃらじゃらぶら下げて、尻ポケットに携帯を押し込んでた。

部屋には広いバスタブがあった。私は飛び上がって喜んで、蛇口の下にシャンプーを垂らして、勢いよくお湯を出して泡風呂にした。溜まるまでのあいだ、冷蔵庫や棚を片っ端から開けて赤ワインとチーズとクラッカーを食べた。愉快だった。私みたいな経験した日本人いないんじゃない？　って笑いながらグラス片手に室内を探検した。入口のドアは内側からは開かないようになってた。電話はない。メモとペンはある。寝室のとなりがリビング、その奥に天井の低い小部屋。小部屋には便器と、申し訳程度のシャワーがあった。圧迫感のあるその部屋で壁に耳をつけると、隣室で喘ぐ男の声が聴こえた。

泡風呂に浸かって、心ゆくまで豊かな浮力を味わって、メイクして、ＶＩＰ客を出迎えた。

「想像してたのとずいぶん違うな」

駐在員の男の第一声はそれ。

「若けりゃいいってもんでもないんだけど。まあ、いいか」

「そのため息までついて、でも服は脱ぐのよ。「おまえねえ、エキセントリックすぎるよ」「その化粧と髪なんとかなんないの？」「目もぎょろっとしすぎだし」「クサとかやってんだろ」いちいち文句言いながら、でも胸は揉むし、しゃぶらせるのよ。

結局そいつは予定通り朝までいて、「滞在中何度か来るつもりだったけど確約はできない」ってもったいぶるように言って出てった。にこにこしながら見送ったよ。心のなかで男のフルネームの頭にクソつけて呼びながらね。名前がどうしてわかったか？　そいつのいびきで眠れなくて暇だったから荷物漁ったの。財布の在り処はわかんなかったけど、ワークパーミットが鞄のポケットに入ってた。あのへったくそな署名の漢字四文字、いまも憶えてる。

作り笑いを消すと窓辺に行ってカーテンを開けてみた。ガラス一枚隔てた向こうはよく晴れて、山の下には大きな湖が広がってた。外に出たいとは思わなかった。帰りたいなんてもっと思わなかった。陸続きの国境を越えた先に現実があると思うとげんなりした。タイがどっちの方角かもわかんなかったんだけど。

隣のベランダを光が横切ったのはそのときだった。

とてつもなく神々しい光。

光は屈んでジャグジーに手を入れた。背中に垂らした栗色の長い髪が太陽を浴びてきらきら輝いてた。浅黒い肌に大きな瞳。身体は私より一回りきゅっと捏ね直したみたいに小さくて。っていうか骨格が日本人とぜんぜん違うの。小鳥みたいな腰なの。森の湖に現れた妖精かと思った。水のなかで揺らめいてた指が止まって、妖精が顔を上げた。澄んだ瞳が私を捉えた。

最初に浮かんだのは怯え。それが疑問から安堵に替わって、彼女はほほ笑んだ。神秘的で、ひれ伏したくなるような笑顔だった。思い出すといまでも胸がくるしいくらい。

私は笑い返して、髪を撫でながらビューティフルって口パクで言った。それを見た妖精は照れたような表情で上唇を舐めた。直後、彼女の部屋から男が出てきて私はあわててカーテンを閉めた。隙間から覗くと、アジア系の男が彼女の腰を抱き寄せキスしてた。

またあの妖精を見たいと思った。清純で妖艶。一度見たら忘れられない魅力を携えた子だったの。だから次に入ってきたアラブ系の客にジャグジーでしようよって媚びた。却下された。続けて三人の男に断られたあと、オセロ男が飛び込んできた。

「おいおまえ、いい加減にしろよ」

「何が?」

「次ルール破ろうとしたら給料下げる。前金も返してもらう」

それは困ると思ってベランダに出るのは諦めた。

再びベランダに気配を感じたのは二日後。窓辺に駆け寄ると妖精がジャグジーのそばでしゃがんでた。やっぱり彼女の美しさは神がかってた。放つ光が違うんだもん。あれだけの美人だからお願い聴いてもらえるのかなあってしょんぼりしながら眺めていると、彼女が顔を上げた。

その日も彼女の顔にまず浮かんだのは怯え。でも私はやった！　と思ってあらかじめ用意しておいたメモを窓に当てた。

Name?

彼女の唇がゆっくり動いた。

ウパイ。スパイ。スマイ。三つのうちどれかだと、そのときは思ったの。とりあえずウパイってことにして、私は澄花だって伝えた。なんて伝わったのかなあ。復唱する彼女の唇はちゃんと澄花って形に動いてた気がするけど。

室内から彼女の客が出てきて私はカーテンの隙間に隠れた。男は柵にウパイの背中を押し付け、彼女の顔を見ながら突き上げた。私の位置から見えたのは男の背中。その向こうに妖精の虚ろな顔。

そのときはじめて思ったんだよね。この娼館にはほかにどんな女の人がいるんだろう。どんな事情でここへ来たんだろうって。

廊下を駆け回る子どもの足音が聴こえることもあった。オセロ男が叱り飛ばしてたから、そこで働く誰かの子だったのかも。

「やっぱり日本の女がいちばんだよ」漢字四文字の日本男がまた来て言った。「東南アジアの女は精神年齢が低くて疲れる。日本の女よりひと回りは幼いよな。その馬鹿っぽさが可愛くて癒されるときもあるんだけど」

くだらない話を聴くのも仕事の一環。ほほ笑みながらチップくれないかなって思ってた。続けて男が口にした言葉に、私の笑顔は引っ込んだ。

「成人した女でもそうなんだから、昔買春ツアーで少女を買った日本人はどんなに苦労しただろうと思うよ」

このおっさん何言ってんのって思った。苦労したのは男じゃない。少女だよ。制御不能な忌まわしさおぞましさを追いやってひたすら妄想した。ここを出たら美容院で髪を洗ってもらおう。フットマッサージも行きたい。一張羅を新調しよう。服だけじゃない。日焼け止めもコスメもサンダルも迷わず買ってやる。

そんな妄想してる暇あったらって思うでしょ。でもどうして自分はここにいるのか、このままの状態が続いたらどうなるのか、いまほんとうにすべきことは何なのか、考えるのは疲れるの。理解より順応の方が消耗せずに済むんだよね。

ウパイの部屋に続く壁をはじめてノックしたのは、ものすっごく暇だった日。

軍や政治の何かがあったのか、選挙日でスタッフが帰省して手薄だったのか。理由はわかんないんだけど、客がひとりも来ない日があったの。部屋にはテレビも携帯もないし、雑誌は客が置いていったのが一冊だけあったけど理解できる言語じゃなくて。泡風呂に浸かって髪乾かして隣のベランダ眺めてぼーっとして、それでも暇だったから、奥の小部屋に入って壁に耳を付けた。

何の音もしない。ノックしてみた。控えめに。妖精の眠りを邪魔しちゃいけないじゃない？　無反応だった。でも気配を感じた。ノックに気づいたウパイが近づいてきた気配。壁一枚隔てた向こうで息を潜めている気配。

もう一度、壁を叩いた。やわらかく、温かい感じの音を意識して鳴らした。数秒間が空いて、似た音が返ってきた。私が出したのより、もっとやわらかくて温かい音。いろんなノックをしてみた。尖った怖い音。あなたはうつくしいと伝えるなめらかな音。私が鳴らすふざけたリズムも、彼女が真似るとぞくぞくするほど儚く、色っぽかった。ウパイとのやりとりは一枚の絵画みたいだった。何を読み取るかは受け手次第。ウパイが似たノックを返してくれると、外の世界で私が話した内容を相手が確認のため言い換えた言葉がぴったりハマったときのような爽快感があった。私たちは長い時間壁を叩き合った。

ウパイはノックの音すらきれいだった。軽やかで、知的で。少し悲し気で。

ギターを背負った男の人が入ってきたのは、淋しい雨の降る夕方だった。

彼はスプリングコートを脱いでハンガーにかけると、肩の位置を整え、皺を伸ばした。それからゆっくり振り向いた。泣いてる。と思ったら、左目尻に縦に長い傷痕があった。ぎこちない笑み。神経質そうな人だなと思った。

「近頃奇怪なことがよく起こる」

オーソドックスなセックスのあと、ベッドで私の髪を梳(す)きながら彼は言った。

「乾季なのに三日続けて雨が降ったり、タイの離島のビーチが鮫に占拠されて立ち入り禁止になったり」

「タイに住んでるの？」

「そうだよ」

ヴィンセントという名の彼は、フラメンコのギタリストだった。

「スペインからレジュメをタイと韓国と日本に送ったら、いちばん早く返事をくれたのがタイだったんだ。だからタイに来た」

「私も大使館的にはタイに暮らしてることになってるよ」

「いずれタイに戻るの？」

「いまのところそのつもりはない」

「どうして」

「パクチーが苦手だから」

目を逸らし、ヴィンセントは肩をすくめた。落胆しているように見えた。本音を求めてたのかなってなんだか妙に気になった。

「何か呑む？」

リビングの方を指すと、彼は首を振って、片頭痛で Dry January なんだと言った。

「僕、日本が好きだよ。食べものもきれいな道も、シャイで礼儀正しい人々も。子どものころからずっと空手を習ってたんだけど、あの先生も立派な人だった。フラメンコに関しても、スペインの次に良い国は日本なんだよ。ステージもプレイヤーもお客さんもすばらしい」

「日本語話せる？」

「残念ながらこんにちはとありがとうございますだけ」

「いつフラメンコギタリストになろうと思ったの？」

「大学のフリーランチの日に、フラメンコのプレイヤーが三人来て、デモンストレイションをしたんだ。たった十五分。それが僕のジャーニーの始まりだった。どこまでも潜っていけて、どれだけやっても飽きない。そんなのフラメンコがはじめてだったんだ。きみにもそういう何かがある？」

しばらく考えて私は答えた。

「なんにもない」

「潔いね」

「やってみたいと思える何かに出逢っても、それが私にできるとは思えない」

ヴィンセントが身体ごとこちらを向いた。そして言った。

You can do everything you want to do.

その言葉は、それまでの人生で私が耳にしたどんな言葉とも違う響きを持っていた。

やりたいことは全部やれる。

ほんとうにそうかな。そもそも私は、本気で何かに挑戦したことがあったのかな。

「スーはずっとここにいるの？」

「ううん、あと三日」

そのあと戻る場所を説明すると、それってたぶんよく知られたストリートだよって彼は言った。私があの部屋から見たバラックはぜんぶ置屋で、一応ＮＧＯによって全滅したことになってるけど、実際は警察に賄賂を払えば連れて行ってもらえることで有名な地帯だったみたい。

「あしたヴィンセントは何をするの？」

「ギターを弾いてお金をもらう。そしてまたスーに会いに来る」

わあうれしいって太い首根っこに抱きつきながら、こういう嘘は厭だなって思った。叶わぬ期待を与えられるくらいなら、あの日本人みたいに文句ばっかり言う男の方がまだまし。それによって引き起こされる苛立ちなんて取るに足らない感情なんだもん。

外からセンチメンタルなメロディが聴こえてきた。

「蛍の光」

「ほたるのひかり」

さすがミュージシャン、音をすくう才能があるのか、極めて正確なイントネーションだった。しかも、はっとするほど好い声なの。

「知ってるの？」

「いまの日本語？　知らないよ。はじめて聴いた」

私はヴィンセントに、すてきな男の人に言われたい日本語をいくつも言わせた。彼は意味も解らずそれらをすらすら口にして、笑う私を抱きしめたり、フラメンコカスタネットにはオスとメスがあるんだよって教えてくれたり、起き上がってギターをかき鳴らしたりした。メジャーな曲をフラメンコ風にした曲が多かった。

彼のギターは太鼓にもなった。彼が板の部分を指でぱらぱら叩くと、私の身体も自然と揺れた。

「不思議なリズムね」

「変拍子っていうんだ。たとえば三、六、八、十二っていう風に。四、四、四、四ではなくてね」

意味不明だった。私がわかってないってことを、彼はちゃんとわかってたと思う。話しながら次々音楽を奏でる彼に見惚(みと)れた。さすがプロ、上手ねって褒めると、上手なのは僕じゃないってヴィンセントは首を振った。

Guitar plays itself.

彼は相棒を優しく持ち上げた。

「何か弾いてほしい曲はある？」

「ベートーベンの月光」

教養のない私が唯一知ってるクラシック。

「昔からそれを聴くと心が落ち着いて、深く眠れるの。できればゆっくり演奏してほしい」

好いチョイスだねって口角を上げて、彼はスローな月光を弾いてくれた。

なぜだか涙がこぼれそうになって、目を閉じて瞼の内側に沁み込ませた。

ギターのことなんて何もわからないけど、この人は本物って思った。音が色っぽいの。特別なプレイヤーだって確信した。

弾き終えると彼は、私の顔をじっとみつめた。

「僕の演奏で、きみに近づこうとする邪悪なものを爪弾くよ」

しずかに言って、またゆっくり月光を奏でた。心が凪いだ。こんなに平らになったら冷静に自分を見つめちゃうじゃないってくらい。

「奥さんはいるの？」

演奏を終えた彼に尋ねた。

「あなたはやさしくて恰好よくて、才能もある。わざわざお金使ってこんなところに来なくてもモテそうなのに」

「僕なりにいろんな事情があるんだ」

事情。それはたぶん私なんかには想像もつかないものなんだろうなと思った。ヴィンセントはほかの客とぜんぜん違う感じがしたから。自分が大切にしているものについて話してくれたし、私を大切に扱ってくれた。私に関心があるという目をしていた。

またねって彼が出て行ったあとも、私の底には月の光が残ってた。

また会えるのはいつだろう。そもそも次はほんとうにあるのだろうか。

米袋の隙間から侵入した蟻のように、彼はいつの間にか私の心に巣くった。

「久しぶり」

翌日ヴィンセントは照れくさそうな顔で入ってきた。

「ほんと、ものすっごく久しぶり！」

私は彼を注意深く見た。優し気な声。熱っぽい、まぶしそうな視線。頭のなかがきみでいっぱいだったと語る顔だと思った。

「演奏はどうだった？　うまくいった？」

うん、と彼は恥ずかしそうにうなずいた。

「腰が痛かった。幸せな腰痛だけど」

それから私たちは幸せな腰痛をさらに悪化させた。

「きみの笑顔は僕の魂を浄化する」

セックスのあと彼は言った。

分厚い腕枕の中からこっそり見上げると、ヴィンセントは笑ってた。目を閉じたまま、幸せそうに。私に見られてることも知らないで。胸が詰まって何も言えなかった。

浄化するという英単語を、彼は別の単語や熟語を使って説明してくれた。罪を清める意味にも用いるんだよって。それまで私、自分の笑った顔って好きじゃなかったんだよね。頬の肉がきゅって上がって目が細くなるでしょ。でもそう悪くないのかもって思えた。罪を清める力のある笑顔ってすごくない？

ヴィンセントは私の話を遮らずに最後まで聴いてくれた。たくさん笑ったあとますます優しい目をした。彼の笑顔は私の心の奥をじんわり温かくした。

「最近奇怪なことがよく起こるって言ってたでしょ？　天気や鮫のこと以外にもあるの？」

そう尋ねたら、ヴィンセントはやわらかく目を細めた。

「よく憶えてたね」

あなたが帰ったあと何度も会話を思い出したからとは、恥ずかしくて言えなかった。

タクシーでドンムアン空港に向かう途中の出来事なんだけどね、と彼は話しはじめた。

バンコクの街の一角が、完全にフリーズしてたんだ。上に鉄道が走ってる大きな交差点で、人も車もバイクも溢れんばかりなのに、全員身じろぎ一つしてなかった。もちろん踏み切り待ちなんかじゃなく、国歌が流れる八時や十八時でもない。はじめは何かの撮影かなと思ったんだけど、険しい顔をした警察官がいたから、事件あるいは軍か王室の要人が通るんだろうって判断して、成り行きを見守ることにした。タクシー運転手が誰かと通話してわかったのは、どうやらその付近でイギリス人女性が薬を盛られて死んだらしいということだった。

奇怪なのは、ここからなんだ。

フリーズした群衆のなかに、周囲にまったく溶け込んでいない男がいたんだよ。彼は長い脚を交差させて立っていた。ねえ、想像してみて。スーだったら、何か怖ろしいことが起きたらしい、異様な、でもその詳細がわからない状況で、脚をクロスさせて立つ？　大抵の人は、いつでも走って逃げられるような体勢でいると思うんだよ。彼はリラックスしてた。表情もゆるんでいた。なんなんだあの男はってよく見ようとした次の瞬間、男がくるっと顔を動かして僕に視線を据えた。自分の首の後ろの毛が逆立つのがわかった。

男は僕に視線を合わせたまま腹の前で両方の掌を見せ、「オッケー、こうすべきだったね」って感じで表情を一変させた。周囲に馴染む不安げな顔つきに、見事なくらい鮮やかに。

パトカーが数台、もったいぶるように交差点を通り過ぎた。そののち制止が解除された。彼の姿は、動きはじめた人込みに紛れて消えていた。

「どうしてあなたは男の感情をキャッチできたのかな」

「どの程度理解できていたかはわからないよ。話して確かめたわけじゃないから」

「話さなくたってわかることはあるでしょ。言葉なんて、コミュニケーションの一割って聴いたことあるよ。視線やボディランゲージが九割なんだって」

「その一割ですべてがひっくり返ることもあるよね」

「ひっくり返すほどの言語力があればね。私の場合、日本語ですら自分の考えてることの何割を伝えられてるかわからない。いまこうしてあなたと英語で話しながら、私の脳には英語と日本語がミックスしてて、その他にもタイ語や、私がひとりで思考するための私だけの言語があって、その全部を駆使してあなたに伝えたい、伝えなきゃって思う。広い砂浜で必死になって星の砂を探してる気分だよ。いまのこの感情にふさわしい、なるべくうつくしい言葉を見つけて、すくって、小瓶に詰めて渡したい。でもいざあなたがそれを受け取ってコルクを開けると、大半がさらさらと砂浜にこぼれ落ちてしまうの」

ヴィンセントが考え込むように唇を内側に巻き込んだ。そして言った。

「スーが言っているのは、感情と言語化のあいだでこぼれ落ちてしまうもののこと？」

伝わった！

そう感じたときの痺れ。魂の痙攣。あんなに感動したことってなかったな。互いに母国語でない言語を使って、私の貧相な語彙力のせいで公約数は極めて少なくて、文化も経験もまったく異なるのに、ヴィンセントは私の伝えたいことを、私自身が触れたことのない深層まで潜って汲み上げてくれた。ヒーリングってこんな感じかなって思った。彼には人の心の要を探り当てる想像力と才能、それから私を理解しようとしてくれる情熱があった。

「スーの口から出てくるのは僕には予測もつかない言葉ばかりだ。未知すぎて惹かれる。感情のやりとりを星の砂に例えるなんてアメージングだよ。今度歌詞に使わせてもらっていい？」

「いいよ、私なんかの言葉でよければ」

「僕はスーが選んで並べる言葉が大好きだよ。伝わると信じて言葉を探すスーには敬意を覚える。僕は時々挫けて妥協してしまうから」

「敬意？　こんなむちゃくちゃなのに？　冠詞も時制もいかれてるでしょ。私はもっと正確で大人っぽい英語を話したいよ。あー頭こんがらがってきた。こんなに頭使ったのはじめて」

笑う私を抱き寄せて、ヴィンセントはバンコクの病院を受診したときの話をしてくれた。

「とても流麗な英語を話す通訳がついてくれたんだけど、彼女には心がこもってないように感じた。カーナビみたいっていうか。でもあの場はそれでよかったんだ。最優先は情報の正確さだから。そういう場面を除くと、表現において正確さは最重要ポイントではないと思う。歪みが情熱を強化することもあるから」

「また難しいことを言う。例えば？」

「狂った文章とか、恋愛初期の言動の一貫性のなさとか。なにこれ。なんで？　って疑問が次々湧くじゃない？」

「あと変拍子もね」

ヴィンセントが目を丸くし、いっそう強く私を抱きしめた。肺が圧迫される感じが心地好かった。

「スーはドゥエンデって聞いたことある？」

「ない。なんかのお菓子？」

「違うよ、精霊っていう意味のスペイン語。フラメンコの踊りや歌の魔力のことで、スペイン人はフラメンコの神秘的な芸に接すると、あの人にはドゥエンデがあるって言うんだ。宇宙の深淵を覗かせてくれるような、途方もない芸の魅力を指すんだよ」

長い指が窓の外を示した。湖の上に、大きな月が光っている。

「ドゥエンデが姿を現すのは、今日みたいに月が輝く夜。生の象徴である太陽に対して、月は死の象徴って言われてる。月光に照らされたオリーブ畑に、ドゥエンデは舞い降りるんだ」

「なんだか怖い」

「スペインにおいて死は物事の終わりではなく、はじまりなんだよ。スーもいつか弔われる者になるときがくる。でもそれもはじまりだから」

ヴィンセントが上体を起こし、ギターを手に取った。数時間前に演奏したという曲や、今日もまた月光を奏でてくれた彼の姿を、私は目に焼き付けた。私のためにギターを弾いてくれた男性がいたということ。私のためだけに紡がれた言葉があったということ。通じ合えた悦びを、いつか弔われる者になる日まで忘れずにいようと心に決めた。

「スー、いま怒ってる？」

「え、ぜんぜん。怖い顔してる？」

「日本人が目を見て話すのは、怒ってるときか愛してるときって聴いたことがあったから」

どこでそんな話聴いたのって笑い飛ばしたけど、今思えばこのとき私はすでにヴィンセントを愛しはじめていたのかもしれない。

彼が部屋を出て行くと、息が肺の奥まで入らなくなった。

二日後、オセロ男が上機嫌でやってきて、「おまえ意外と評判いいよ」と言った。「もう少しここの滞在延ばすか？」

男のベルトで揺れる鍵の束を眺めながら、奇跡に賭けてうなずいた。

一日を長く感じるようになった。ずっと朝でずっと昼でずっと夜だった。朝起きた瞬間から淋しかった。ヴィンセントがギターを弾いたり笑ったりしている様子を思い浮かべると、涙が盛り上がってきた。

ウパイからはじめてノックをしてきてくれたのは、淋しさの余り声を上げそうになっていたときだった。

はじめは空耳だと思った。そうでないとわかると奥の小部屋に駆け込んで、ノックを返した。そわそわ、焦った感じの音が出た。ウパイからも同じ音が返ってきた。

いまを逃すと次はいつかわからない、次は永久にこないかもしれない、そんな場で私は、思いをできる限り正確に伝えたいと思った。

妖精さん、いまどんな気分？　私はとても淋しい。あなたがそこにいてくれてうれしいよ。ここを出たらおいしいものを食べようね。きれいな恰好をして、やりたかったことを全部やろうね。いつかどこかで会えたらいいな。お互い子どもを連れてたりして。ウパイの子ならきっと物凄く可愛いよ。

思いを込めて、壁をこつこつ叩いた。

廊下を子どもが歌いながら通り過ぎた。私たちは無言でそれを聴いたあと、似た音を交互に探りながら出した。私はヴィンセントがギターを叩いていた様子を思い出しながら壁を指でぱらぱら叩いたり、掌でなぞるように鳴らしたり、フォークで突いたりした。最初はカオスで、あてずっぽうで、でも私たちの間には徐々に私たちの言葉ができあがっていってる、って気がした。

業界用語とか、その家庭でしか使われない言葉ってあるじゃない？　私とウパイはそれに似たものを編み出したんだと思う。

ノックが止んだ。ウパイのところに客がきて、私はまた孤独にはまり込んだ。ヴィンセントに会えない淋しさを別の何かで埋められないか、懸命に考えた。そんなものはなかった。何をしても満たされなさは増す一方。「あなた以外では埋まらない孤独がある」って本人に伝えるしかない。伝えたい。でも伝えようがない。彼はもう来ない。諦めると孤独は深まった。

「スー不足だったよ」

九日後、ヴィンセントはやってきた。わざわざ電話して私がいるかどうか確かめて。ずっと胸で止まっていた呼吸が、急に流れ出した。ほんものだ。さわれる。ハグしてもらえる。脳に酸素が行き渡り、瞳が輝き、頰が上気するのが自分でもわかった。あいたかった。私は尻尾を振る仔犬みたいに彼に纏(まと)わりついた。

「それなに?」

立ったまま私を抱き寄せながら、彼が焦げ茶色の小箱に目を遣った。私はそれを開けて見せた。

「お財布。日本人のお客さんがプレゼントしてくれたの」

そう。彼はにっこり笑った。

スーは最高だよ。こんな汚い世界できみはうつくしい。彼の手が私の顔に近づいてきて、目ヤニを取った。動揺した。非言語と言語がミックスしてはじめて感情を伝えるのなら、彼の非言語と言語はともに私への愛を伝えていた。思い込みでもいい。思い込んでいたかった。首から鎖骨、胸元へ、キスを降らせながら彼は言った。きみの気軽さ、予測のつかなさは、僕にインスピレーションをもたらす。ヴィンセントの言葉も愛撫も思いやりに満ちていた。私は彼の言動に、私への愛情を示すサインを血眼になって探した。いま思うと勿体なかったな。ごちゃごちゃ考えてないで目の前の彼をただ堪能したらよかった。これが彼に会える最後だったのに。

コンドームをティッシュに包んで捨てると彼はお風呂にお湯を張って、スー先に入ってて と言った。ひょっとして彼、有名人だったりして。湯船に浸かりながら思った。だって見た目も人を惹きつける声も、言葉を選ぶ才能も、一般人離れしてる。もしかして国では顔の知られた人なんじゃないかなって。ここなら顔バレとかの心配要らないし。

「きみに告白しなければならないことがある」

しばらく経ってバスルームに入ってきた彼が言うから、ついに素性を明かされるんだってわくわくした。ヴィンセントはシャワーで汗を流すと、私を後ろから抱くようにして浴槽に座った。体毛が背中やお尻に当たってくすぐったかった。

「つい最近、この近くにあるちいさな島の洞穴で、村の呪術師の男に十五年監禁されてた女性が救出されたんだ。女性は十二歳のとき心身の調子を崩し、心配した家族が呪術師の許へ連れていった。当時六十五歳だった呪術師は代替療法や魔術を使ってどんな病気も治すと言われていて、村人の尊敬を集める存在だったんだ。ほどなくして呪術師は、彼女は遠くへ旅立ったと彼女の家族に告げた。それから十五年間、呪術師は彼女に精霊の写真を見せながら魔術と称して強姦を繰り返した。逮捕された呪術師は容疑を否認し、もしもほんとうにセックスをしたのだとしたら精霊が自分に取り憑いていたんだと警察に話した」

「ドゥエンデとは大違いの精霊ね」

「ほかにも被害者がいると判断した警察が調べたところ、何人か行方不明になっている女性がいることがわかった。そのひとりが海老の養殖をやってる家の娘で、両親のいない八人姉弟の長女だった。笑顔の写真がテレビに出てた。彼女は一年前X国に出稼ぎに行くって出て行ったきり失踪してしまったんだけど、どうやら何らかの理由で、X国へ渡る前にその呪術師のところに寄ったらしい。目撃者が複数いたんだ。でもそこで足取りが途絶えてしまって」

「殺されたってこと？」

ドンドンドンとノックの音がした。ヴィンセントが浴槽から立ち上がり、腰にタオルを巻いた姿でバスルームを出ていった。オセロ男がヴィンセントに何か渡し、チップのお礼を言うのが聴こえた。

ヴィンセントに呼ばれてリビングに入った私は歓声を上げた。テーブルにローカルフードやチーズや果物が並んでたの。真ん中には花とワインも。惣菜には私が苦手だと言ったパクチーが載ってなくて、ヴィンセントが抜いてくれたんだなってうれしかった。

「こんなにたくさん、どこから？」

「一部は一階のレストラン。あとは近くの屋台で買ってきてもらった」

「Dry January は？」

「もう二月だよ。それに片頭痛はスーのおかげですっかり治った。さ、乾杯しよう」

夢みたいに愉しかった。あんなにリラックスして笑ってどきどきした食事ってない。彼といると、自分が花になったみたいだった。

「ヴィンセントはいっぱい褒めてくれるね」

「スーに褒めるところがいっぱいあるからだよ」

それから彼は泣き笑いのような顔で胸に手を当てた。

「いまここにある苦しみを、僕はまだうまく言語化できない。でも音楽にはできたんだ」

ギターを手繰り寄せ、彼は弦を弾いた。

苦しみというから暗いメロディなのかと思ったら、速くて鮮やかで、でもどこか糸の上を滑るような緊迫感があって、最後一気に目映(まばゆ)い場所へ飛び出していくような、広がりを感じる曲だった。

聴き終えて、手が痒くなるほど拍手した。

「すごい！　これあなたが作ったの？　いつ？」

「きみに会えなかった九日間に」

「この先きっと愉快なことが待ってるって信じられるような曲だね」

「スーには伝わると思ってた。スーが自分の求める人生の道を見つけて、進んでいけるように、祈りながら作ったんだ。僕はそういう未来を信じている」

私の未来を信じてくれる人が存在する。そんなありがたいことってあるかな。

「ここを出よう、スー」

「えっ、なんで?」

笑っちゃった。いきなり真顔で突拍子もないことを言うから。

「ほんとうに当初の約束通り解放されると思ってる?」

「うん。そろそろビザも切れるし」

「ビザなんて関係あるかな」

「あるでしょ。まあビザランでどっか行ってまた戻って来いって言われるかもしれないけど。私、結構売れっ子なのよ。それに、ここはそんなに悪い場所じゃないの」

言いながら、外の世界で彼と会うのもいいなと思った。ふつうの恋人みたいに待ち合わせて、映画やスタジアムやショッピングモールに行って、バゲットとチーズとワインなんか買ってどちらかの部屋に帰って、食べて呑んでセックスしてねむる。

「ここはスーが思ってるようなところじゃないよ」ヴィンセントが私を見た。悲し気な目だった。「さっき、出稼ぎに行く途中で呪術師のところに寄って失踪した女性の話をしたよね」

「うん」

「おそらく彼女はこの娼館に売られた」

「なんでそんなことわかるの」

パ！


「写真がテレビに映ったって言っただろう。その顔を、僕は見たんだ」

「いつ？」

「はじめてきみに会った前の日」

「その女性を買ったってこと？」

「そうだよ」

胸が圧迫された。

「僕は自分が気色悪い。スーはうつくしいのに僕は醜い。みっともなくて無様で、人に笑われ蔑まれても仕方のないことをしてるって、わかってる。けど恥はかきたくない。誰にも知られたくないし馬鹿にもされたくない。ここへ来ている自分が大嫌いだ。でも射精するまではそんなことを考えないんだよ」

「正直ね」

私は傷ついて言った。これが彼の告白？　どうしようもない性欲を抱えてきみを買った。その前に別の女を買った。これから先も誰かを買う。通じ合えた悦びが急にくだらないものに思えた。彼のことを潔白と思っていたわけじゃないのに。誰のことも潔白だなんて思っていないのに。どうして彼はそんな話を私にしようと思ったんだろう。

「隣の部屋にいるのがその彼女だよ。スマイっていう名前らしい」

へっと、声か息かわからない音が出た。

ヴィンセントがウパイを買った。いや、ウパイじゃなくてスマイ。スマイは呪術師に売られてここに来た。混乱する私に彼はさらに追い打ちをかけるようなことを言った。

「きみはこれを食べてお腹を壊すんだ」

ヴィンセントが指差したのはレバーの串だった。

「黒ピアスの男がこの串を買ってきたのはここからいちばん近い屋台だ。ふつう串はオーダーを受けた後その場でもう一度焼くだろう？　でもあの店はそれをやらない。焼いてあった肉を袋に入れるだけなんだよ。もちろん食べるふりでいい。スーがウイルスに感染した、脱水症状を起こしてるって僕が説明すれば病院に行ける。そこから二人で逃げよう」

「脱走するのを手伝ったって知られたら、やばいことになるのはあなただと思うんだけど」

「きみとなら喜んで共犯になろう」

うれしかった。

「隣の女の子もいっしょに」

なのに咄嗟に口から出たのはその言葉だった。

「彼女もいっしょじゃなきゃ行かない」

困惑顔でヴィンセントは首を横に振った。

「それはできないよ」

「どうして」

「第一に、僕はきみだからたすけたいと思った。第二に、彼女を救う術がない」

「また彼女の客になればいいじゃない。それでそのスプリングコートに彼女を包んでここへ連れてきてよ。三人で逃げようよ」

「無謀すぎる」

私の頭は論理的に物事を考えられるようにはできていなかった。それでも私なりに必死で知恵を絞った。

「この部屋で三人でセックスするってことにしたら？」

「それができたとしても逃げようがない」

苛立ちが募りはじめた。だって彼、できない理由ばかり探すんだもん。

「だいたいレバーの串とかそんなややこしいことしなくても、オセロ男を呼んであのベルトにじゃらじゃら付いてる鍵を奪って逃げればいいじゃない。そうすれば彼女の部屋も開けられるし。今日はここまでどうやって来たの」

「送迎車だよ」

「自家用車で来る人もいる？」

「いると思う。一階のレストランの客とか」

「ならいますぐレストランに行って食事が終わりそうな人に声をかけて、車に乗せてほしいって言ってきて」

ヴィンセントが大きなため息を吐いた。それから自分の首の後ろに両手を回し、ネックレスを外した。

「わかった。やってみよう」

パ！

私の首にそのネックレスを載せ、金具を留めるとヴィンセントは私を抱擁した。

「もしも失敗したら、ぜんぶ僕の企みだって言うんだよ」

彼が部屋を出ていくと、私は出発の準備をはじめた。っていっても荷物は片手で持てるくらいしかなかったんだけど。まず財布の中身を取り出した。それをあの日本人がくれた財布に移そうと焦げ茶色の小箱を開けて、フリーズした。パクチーが載ってたの。財布の上に、ちょこんと。

なにこれって笑ってたらヴィンセントが戻ってきた。

「僕にはスーがよくわからないよ。こんなときに笑えるなんて」

私はすばやく彼の後ろに回り、パクチーを彼の背中に入れた。驚いて声を上げた後、彼は感触の正体に気づいて笑った。つまみ出したそれを手に、彼が私を追いかけた。星の砂を探し求めたその部屋で、私たちは駆け回り、笑った。

「言われたとおり頼んできたよ」

とうとう私を捕まえた彼が言った。私は彼の左目尻の傷痕にキスしてありがとうって言った。

「でもふたりしか乗れないって」

「大丈夫、私と彼女はふたりで一人分の幅しかないから」

それから私たちは作戦を練って、ヴィンセントがオセロ男に電話をかけた。

奥の小部屋で私がとつぜん倒れたってことにしたの。オセロ男が部屋に来るまでのあいだ、私は壁をノックし続けた。

スマイ。スマイ。なにも知らなくてごめんね。怖かったね。いまから迎えに行くよ。いっしょにここを出ようね。

私は壁を叩いた。スマイも同じように返してくれた。オセロ男が入ってくる直前、察知したように音は止んだ。

私は床に横たわり、呼吸を最小限にとどめた。胸が上下しないように。鼻に手をかざされても息が当たらないように。にんにくの匂いが近づいてきて、オセロ男が私の様子を丹念に調べ始めた。匂いが遠ざかった。ゆっくり薄目を開けると、オセロ男の姿はなかった。ヴィンセントはどこだろう。起き上がってもいいのだろうか。用心深く、首を反対側に向けた。

「おまえたち、何を企んでる？」

そこに立っていたオセロ男が私を見おろして言った。彼がポケットの携帯を摑んだ瞬間、ヴィンセントが飛び掛かり、空手の技をかけて気絶させた。男の携帯と鍵を奪うと、ヴィンセントは二人分の荷物を手に入口へ向かい、ドアの下に挟んであった焦げ茶色の小箱を蹴って外に出た。

廊下に人はいなかった。しずかで薄暗く、じめっとしてた。スマイの部屋の前に立ってノックした。返事はなかった。ドアに耳を当ててから、部屋番号のついた鍵を鍵穴に挿し入れた。

ドアを押してなかに入った瞬間、恐怖に全身が包まれた。

空気が、私の部屋とぜんぜん違ったの。じっとり濁って、一歩進むごとにずぶずぶ沈み込みそうだった。ほんとうに同じ建物なのってびっくりするくらい。お香みたいな匂い、それから汗と体液、ボディシャンプーの香りがいっしょくたになって部屋の低いところに漂ってた。淀んだ空気の奥に、清浄なかたまりがあった。

暗闇の奥から、妖精が姿を現した。窓越しに見るよりさらに華奢で、神々しく、儚かった。そのとき、なんでだかわかんないんだけど、とつぜん思ったんだよね。人生で一度くらい、誰かのために何かしてもいいんじゃない？　って。

それで私スマイに言ったの。「この人と逃げて」って。

「ヴィンセント、私ここに残る」

彼の頬がぴくぴく痙攣した。

「なに言ってるんだ」

「スマイを連れて逃げて」

「何のために」

「時間を稼ぐためよ」

「スーは」

「私は自力でなんとかするから」

「僕が望んだのは」

「これが私をたすけるってこと」私は彼の両手を握った。「お願い。わかって」

わからない、とヴィンセントは言った。

「でもきみが望むならそうするよ。いま行動しなければ、いちばんなりたくないものになってしまうから」

次はタイで会おう、と彼は言った。二か月後、ソンクラーン（旧正月）のカオサンで。イングリッシュパブの店名を告げたあと、彼は私を短く抱きしめ、スマイと共に出ていった。

淀んだ空気を蹴散らすように突っ切って窓辺まで歩いた。カーテンを開けると右方向に私の部屋が見えた。流されて売春婦になった私。この国を訪れたのも転職先にタイを選んだのも学校を中退したのも、ぜんぶなんとなくそうなった。でも、いまこの部屋にいることだけは、ちゃんと自分で考えて決めたんだと思った。

私のいる建物のG階から車が出てきて、ゆっくり山道を下っていくのが見えた。目を凝らすと後部座席の窓が開いて、大きな掌が出た。長い腕。髪をなびかせながら、ヴィンセントは泣き笑いのような顔で私に手を振った。

*

激しい雨音が聴こえてきた。それまでは澄花の話に神経が高揚し、スコールの音すら聴こえなかったのだろう。

「澄花はどうやって脱出できたの」

「予想通り、ビザが切れそうになってお役御免」

使い方合ってるかなと笑いながら、彼女は立ち上がった。

「カオニアオマムアン取ってくる。あれに手を出したら終わりって何度も言われたけど、もういいよね太ったって。最後だし」

戻ってきた澄花は、ココナッツミルクが甘く香るもち米のとなりで光るマンゴーにフォークを突き刺した。

「カオサンでの再会は？」

マンゴーが柔らかく崩れ、黄金色がぼた、ぼた、と皿に落ちた。叶わず、と澄花は答えた。

「脱走計画はばれなかった？」

「うん。スマイに一目ぼれしたヴィンセントが私を利用して彼女を連れ去ったってことでみんな納得したみたい。失礼な話よね。彼がたすけようとしたのは私だったのにね」

落ちたマンゴーを口に入れ、フォークを置いてから、澄花はネックレスの位置を整えた。

「もしかしてそれ」

「そう。ヴィンセントがくれたネックレス。なんかすてられなくて」

「旦那さんとはどこで知り合ったの？」

「バンコクのガールズバー。私がタイに戻ってバイトをはじめたその店に、客としてやってきたんだよ。二度目に会ったときにはもう、この人捕まえなきゃって思ってた」

「どんなところが好かったの」

「傲慢さが皆無だった。接待で連れてこられて居心地悪そうで、冴えないんだけど清潔感があって。こういう人がいいんじゃないかと思ったの」

「それまでの恋人とは違った？」

「ぜんぜん。翳のある男に惹かれがちだったけど、やっぱ長くいっしょにいるならこういう人だなって。旦那と結婚したことは、私の人生最善の選択だったと思ってる」

よかったねとほほ笑みながら思い出すのは裕介の声。笑ったときの。欲情しているときの。感情を押し隠しているときの。

伝えたい、伝わらない、伝わった、それっていったいなんだろう。これだけは伝わってほしいと祈った言葉も、相手が受け取れる状態になかったら？　受け取る意思がなかったら？　たとえ伝わったと思える一瞬があっても、相手がそれをすててしまったら？　その人を生に留める言葉にならなかったら？

でも、そもそも誰かを生に留める言葉などあるのだろうか。

裕介は、どの国なら、どの仕事なら、どのパートナーなら、生きる道を選んだのだろう。あるいは、それさえ解決していれば生き延びようと思えるたった一つの問題が、あったのだろうか。

柳腰のスタッフが歩いてきて、そろそろビュッフェ終了の時間だけどゆっくりしていってとほほ笑んだ。

「ううん、もう出ます。凄くおいしかった。ありがとう」

財布を取り出し会計のトレーにそれぞれ紙幣を載せる。わたしはスマホを取り出しグラブアプリでタクシーを呼んだ。

運ばれてきたお釣りをそのままにして、「パ！」と澄花は立ち上がった。

ボストンバッグを肩にかけ、ロビーを抜けて表に出ると、雨は上がっていた。スコールに洗い流された世界は、早朝より明るく見える。

仏塔の前で清掃スタッフらしき人が合掌している。何十本も供えられた人工的で毒々しい赤色のドリンク。バナナの房と空の青、それから白いジャスミンの花輪。すべての色の境界がくっきりとして目に染みる。

「死ぬ前ってこんな感じなのかな。本帰国前にタイにしかないものを見て感じたいのに、いざとなるとどこへ行けばいいかわからないんだよ。お世話になった人に会ってお礼を言いたいけど、急に連絡したら迷惑かもしれないとか、会って何話そう贈り物は何にしようって、考えてるうちに時間が経っちゃって。自分がいなくなったあとも日常は続くんだなあって思い知らされる」

ホテルのエントランスとロータリーを繋ぐ階段に、雀が三羽集って地面をついばんでいる。日本よりだいぶ痩せた、タイの雀。一羽、離れた場所にいた雀が飛んできて、仲間に入った。

「あ、あれかな？」

澄花がエントランスに入ってきた水色のタクシーを指す。

「ううん。ピンク色だって」

タクシーは中東系の一家を乗せて去った。

「どうしてわたしに話してくれたの」

ずっと気になっていた疑問を口にすると、澄花は足許に視線を落とした。

「なんでだろうね。晶ちゃんは叱らなそうだからかな。驚かれたくないし、同情も勿論されたくないし」

「わたしが驚いてないと思うの？」

「驚いてるの？」

驚いてはいなかった。

「もう驚くようなことって、この世界のどこにもない気がする」

「でしょ」

「って六年前にセックスした人が言ってたの」

澄花がゆっくり顔をこちらに向けた。

「ほんとうは元夫じゃなくて、つきあってた人。死んじゃったけど」

そういうことか、と澄花が腕組みをしてうなずく。

「晶ちゃんとその彼は、孤独を埋め合っていたんだね」

そうだったのかな、とつぶやく語尾がふるえた。

あなた以外では埋まらない孤独。澄花がヴィンセントに抱いた感情を、確かにわたしも裕介に抱いていた。裕介がそうだったかはわからない。わたしは裕介の孤独の一部分でも、一瞬でも、埋めることができたのだろうか。裕介の孤独は、どうやってできた、どれくらい深い穴だったんだろう。何がどうなっていたら、裕介はいまここにいるんだろう。わたしの言葉と裕介の死は、かすりもしない場所にあったのだろうか。

ピンク色のタクシーがエントランスに入ってきた。車種とナンバーを確かめて、わたしたちは階段を下りた。

ドンムアン空港だよね。運転手がトランクを開けながら言った。

「そうです」

「私ずっと思ってたんだけどさ」と澄花が言った。「ドンムアンはビッグシーで、スワンナプームはグルメマーケットって感じしない？」

ビッグシーは庶民的なスーパー、グルメマーケットはデパートなどに入っている高級スーパーだ。

「する。ぴったり」

「でしょ」

澄花は満足げに口角を上げ、タクシーのドアを開けてくれた。乗り込み、窓を開けて言った。

「元気でね」

「うん。またね」

手を振られて、振り返す。タクシーが動きはじめる。

またはたぶんない。澄花はタイにぜんぶ置いていくのだと思った。


ドンムアン空港に着いて搭乗手続きを済ませると、カフェで酔い覚ましのホットコーヒーを買った。カウンターに座って飲みながら、何気なく近くのラックにあったフリーペーパーに手を伸ばす。旅の雑誌。目次にトーキングドラムというはじめて目にする単語があった。

文字通り、会話するのに使う太鼓の奏法のことらしい。西アフリカに昔からあるその伝統はいまも残っており、人を呼びたいときに電話などではなくドラムを叩くこともあるのだという。たとえば、「ドン、ドン、ドドドン」は「Me Me Me & You.」というように。

「ドラム・ランゲージを理解していない人にとってはただの音だけれど、僕たちにとっては言葉なんです」

記事はそう結ばれていた。

澄花が話してくれたスマイとの壁ノックみたいだと思いながら、わたしはコーヒーをゆっくり飲んだ。

チェンマイ行きの便は満席だった。日本人の姿も多い。離婚を悔やんでいるわけではないけれど、いまでも幸せそうな家族連れを見ると、愛子に申し訳ない気持が湧き起こる。通じ合うことを諦めてしまったのだという思いと、いや精一杯やったという感情がごちゃ混ぜになる。

機体が上昇し、平行になったと思ったら、すぐ下降をはじめた。タイ国内のみならず、東南アジア内の飛行機での移動はほんとうに一瞬だ。

チェンマイ空港にはカラフルなランタンがずらりと飾られていた。黄色、赤、白、ピンク、緑、紫、オレンジ、青。それらはホテルへ向かうタクシーの車窓からも、あらゆる場所で見えた。黄金色の寺院でも、色とりどりのランタンが強い風に揺れていた。

ローイロイクラトン、ローイクラトン。この時期になるとタイの至るところで流れている陽気な童謡が、チェンマイの街なかでは、ひと際明るく盛大に聴こえる。

ホテルにチェックインしたあと、豪華な会場へ向かう日本人や欧米系の旅行客の集団から外れ、わたしは地元民向けの打ち上げ場所を目指した。

どこからか澄んだお経が聴こえてきて、辺りを見渡す。ちいさな寺で、少年僧たちが読経していた。目指す橋は、あの寺の先にある。

心地好い声色に身を委ねながら、わたしはひとり、歩き続けた。

誰が飛ばしたのか、茜色の空にランタンがひとつ、ゆらゆらと上がっていく。フライングコムローイだ！　気づいた人々が指差して笑う。子どもも、大人も、歯を見せて笑っている。

ふいに、となりで裕介が笑ったような気配を感じた。

わたしは、わたしの言葉であなたを幸せな気分にしたかった。たとえ束の間気を逸らすだけでも、あなたから不安や苦難を取り除きたかった。

口に出す言葉だけじゃなく、送るメッセージだけじゃなく、目で、ハグで、肩に載せる頭の重みで、握る手の強さで、キスの長さで、伝えるべきだった。言語も非言語も使えるものは余すことなく使って、本気で伝え、本気以上でぶつかっていくべきだった。わたしはいつも頭の中で言語化するだけだった。伝えようとやっとの思いですくった星の砂は、指の隙間からこぼれ落ちるどころか、ほとんどすべて言語の砂浜に帰した。

でも、何を？　わたしは彼に、何をいちばん伝えたかったんだろう。

そうか、と夕焼けの空を見上げる。わたしはそれを探しにチェンマイへきたのだ。

ポップな色合いのミニ観覧車が、強い風に吹かれて揺れている。

川沿いにはティラピアの炭火焼、カオマンガイ、ガパオ、麺類、フルーツなど、さまざまな屋台が並んでいた。これから飛ばすランタンも売ってある。

目的地にたどり着けた安堵と移動の疲れから空腹を覚え、みかんジュースとゲーンハンレーを買ってプラスティックの椅子に腰かけた。ゲーンハンレーをテーブルに置くと、ごろりとした豚バラ肉がカレーの中で揺れ、タマリンドとクミンの香りが鼻孔をくすぐった。

いざ食べようという段になって、ストローがないことに気づいた。容器に直接口をつけるのはマナー的によくないとされるこの国で、喉を見せてジュースを飲むのは勇気が要る。しかも周りは地元民ばかりだ。躊躇(ためら)っていると声をかけられた。

「どうぞ」

日本語だった。顔を上げると、若い男性がにこにこしながら、わたしがみかんジュースを買った屋台を指差している。屋台の女性のジェスチャーから察するに、わたしが受け取り忘れたストローを、彼が持ってきてくれたらしい。

「ありがとうございます。たすかりました」

タイ語で言うと、彼はほっとしたように「タイ語話せるんですね。すごい」と頬を上げた。

「日本の方ですよね。一人で来たんですか」

「はい」

「よくこんな場所知ってましたね。日本人はいないと思った」

バンコクに住んでるからと言うのはやめておいた。彼には清潔感があって、怪しい雰囲気もなかったけれど、今日は誰かと、特に男性と長々話す気分ではなかった。

「僕の恋人は日本人なんです」

「そうなんですか」

「はい。あそこにいます」

彼が指さす先にいたその女性は、川の方を向いて立っていた。黒髪がしずかに風になびいている。背中に、孤独のようなものを嗅ぎ取った。

「邪魔してごめんなさい」と彼は言った。「よいコムローイになりますように」

「いえ、ストローありがとうございました」

笑顔で手を振る彼を見送って、わたしはゲーンハンレーをスプーンですくった。豚バラの塊肉が口のなかでほろほろと崩れていく。辛さはそれほど感じない。肉に絡まる濃厚なタマリンドとクミン、千切り生姜の歯ごたえ。レモングラスやナンプラーが香り、味わい深いカレーだ。おいしい。汗をかきながらわたしはスプーンを口に運んだ。ゲーンハンレーを裕介と食べたことはなかった。同じチェンマイ料理のカオソーイもなかった。食べたらよかった。プーパッポンカリーもルーローハンもアチャールもパエリアも火鍋も、裕介と食べたかった。ここに裕介がいたらどんなに幸せだろう。洟をすすりながらわたしは食事を終えて立ち上がった。

屋台で購入した紙製のランタンは、現採時代の記憶にあるそれより、ずいぶん重かった。ひとりで参加するのがはじめてだから、余計そう感じるのかもしれない。

橋は、先ほどまでより増えた人たちで混雑していた。

黒い川の、遥かに高いところ。夜空に巨大な満月が輝いている。ドゥエンデ。澄花の声が蘇った。死の象徴である月。けれど死は物事の終わりではない。

カウントダウンの説明がはじまった。

「コムローイは、昔は通信手段だったんだよ」

背後で男性の声がした。ゆっくりで、聴きとりやすいタイ語だ。

わたしはカウントダウンに間に合うように、ランタンの内部に火を点けようと試みた。けれど一人では持つことすら難しく、なかなか着火しない。遠くで誰かのランタンが燃えていた。風がとても強い。紙の部分を破ってしまった人もいるようだった。どこからか叫び声が上がった。見ると、ランタンがすーっと平行移動してきて、そのまま橋を越えて着水した。

混乱のなか、カウントダウンがはじまった。わたしは間に合わせることを早々に諦めた。打ち上げが終わった人に声をかけて、協力してもらおう。そう決めて周囲のランタンを眺めていると、

「手伝いましょうか」

後ろから声がした。振り向くと、先ほどストローを届けてくれた若い男性だった。わたしは彼の横に立つ日本人女性を見て、息をのんだ。

似ている。でも、他人の空似かもしれない。

「ピーマリ」

けれど彼は彼女をそう呼んだ。

「ピーマリはここを持って」

かつて紗也子やわたしと同じアパートに住んでいたマリだった。

まさかチェンマイで会うなんて。

すっとした鼻すじと、儚げな佇まい。変わっていない。けれどどこか柔らかさが増したように感じる。彼女がわたしのとなりに立つと、タイの柔軟剤が香った。細い指でランタンを摑んだ彼女に、わたしは言った。

「どうぞ、お二人が先に飛ばしてください。間に合わなくなりますよ」

「いいんです」とマリの恋人が言った。「別にみんなと同じタイミングじゃなくて」

にこっと笑って彼はランタンを摑み、ライターを擦った。灯った火は、風に吹かれてすぐ消えてしまう。

「写真、撮らなくていいですか？」

彼は笑顔でわたしに言って、掌を壁にして火をまた灯す。何度消えても彼は穏やかに着火に挑んだ。鼻歌まで歌いはじめた。

ふ、とマリが笑った。つられてわたしも笑ってしまう。

「いつもこんなにご機嫌なんですか」

「はい」

「いいですね。粘り強いし」

「凝り性でもあるんです」

日本語同士の会話に、彼がわたしたち二人を交互に見て、にこにこしながらまたランタンに向かう。

「なんの話してるの？　僕の悪口？」

「違う。昨日餃子でガパオを作ってた話、していい？」

「もうしちゃってるじゃない。その人タイ語できるんだから」

「餃子のガパオ」つぶやいて想像する。どんな味がするんだろう。ひき肉やニンニクを使うのだから相性はよさそうだ。「リメイクの進化系って感じでいいですね。おいしそう」

「でしょ？」と彼が得意げに言った。「まだちょっと改善の余地があるんだけど。あ、二人は日本語で話していいよ。ピーマリも久々に日本語話せてうれしいよね?」

わたしと裕介のあいだにも、すでにできあがっているものを使って生み出した新しいコミュニケーションがあった。たとえばハチワレ猫のスタンプのように。

誰かと通じ合いたいと願ったとき、わたしたちは使えるものをすべて駆使して、ふたりだけの言葉を作っていく。けれど作り上げたまま放置していたら、それはいずれ砂塵となって飛んでいく。その人をうしなわない努力が、いつも必要なのだ。想像すること。相手がほんとうに望むものは何なのか、なぜそう考えるに至ったのか、考え抜くこと。笑顔にしたいと思うこと。幸せを祈ること。わたしにそれが足りていたとは言えない。後悔は消えず、虚無は広がる。わたしは空っぽだ。

ふと、温かい声に呼ばれた気がして振り返る。そこには黒い川しかない。

同じ方向を見ていたマリに、わたしは言った。

「バンコクに戻っても、言いませんから」

あなたがここにいることを、と心のなかで付け足すと、マリは風になびく髪を押さえながらありがとうございますとお辞儀した。

「日本のご家族とは連絡を取っているんですか」

「姉とは何回か。最初は怒られましたけど、もう諦めたって」

「お姉さん以外は」

「夫には、スワンナプーム空港を出た日に、一度だけ。カードを止めてほしいということと、指輪は国際郵便で送るということを伝えました」

「そうしたら？」

「指輪は送らなくていい。カードは一枚だけ捨てないで持っていなさいって。たぶん、わたしがこの生活にいつか音を上げるって思ってるんでしょうね」

「淋しくないですか」

口にしてから、今朝澄花が話していたことを思い出す。

私の口にする淋しいは相手にとって、もっと重くて深刻な淋しいなんじゃないか。

沈黙を挟んで、マリは答えた。

「いいえ。母がいつもそばにいるのを感じるから」

「点いた！」

彼が顔を上げて、汗を拭(ぬぐ)った。輝く笑顔だった。

ランタンの内部が徐々に膨らみ、ずっしりと重みを増す。

二度目のカウントダウンがはじまった。

歓声と、シャッター音。花火が上がった。夜空で続けざまに弾ける、鮮やかな色たち。煙の匂い。湿った緑の匂い。

かつてないほど裕介を近くに感じた。

ランタンがすべて天に上がったとき苦しみもいっしょに消え去るんだよ。

「ふたりで持てる？」

恋人の問いに、マリがうなずいた。

「きみたちのタイミングで手を放して」

彼が離れ、自分のランタンと格闘を始める。

星空の下でわたしは心を決める。虚無があっても生きていくのだと。

わたしがずっと抱えてきた虚無は、生きていることに対する罪悪感だった。けれど空っぽは軽いということでもある。いくらでも新しい何かを入れられるし、上がっていける。

マリとわたしの間にあるランタンは、それ自体が光を放ちつつ、光に縁取られてもいた。神々しい光は、帯となってこの橋の上にいる人たちを包み込んでいる。災いを解き放つように。罪を許すように。魂を清めるように。大切な人を弔うように。

天へと続く道に、無数のランタンが上がっていく。光、光、光。口にできなかった言葉たちが、空高く一斉に放たれたみたいだった。

あなたの存在に感謝している。あなたを愛している。

マリと視線がぶつかった。

わたしたちは、ランタンから手を放した。

参考資料（Ｗｅｂサイト）

「『僕たちはドラムで会話する』アフリカ音楽の楽しさを伝えるガーナ人」 https://danro.bar/11656467/

初出

「菜食週間」「小説新潮」二〇二二年三月号

「なーなーの国」「小説新潮」二〇二二年十二月号

「パ！」「小説新潮」二〇二三年五月号

刊行にあたって大幅に加筆修正を施しました。

写真　カバー　d3sign/Moment/Getty Images
　　　表紙　　Lew Robertson/Stone/Getty Images

一木けい

1979年、福岡県生れ。

2016年、「女による女のためのR-18文学賞」読者賞を受賞。

デビュー作『1ミリの後悔もない、はずがない』が話題となる。

他の著書に『愛を知らない』『全部ゆるせたらいいのに』『9月9日9時9分』『悪と無垢』『彼女がそれも愛と呼ぶなら』などがある。

結論(けつろん)それなの、愛(あい)

著者／一木(いちき)けい

発行／2025年2月20日

発行者／佐藤隆信
発行所／株式会社新潮社
〒162-8711 東京都新宿区矢来町71
電話・編集部 03(3266)5411・読者係 03(3266)5111
https://www.shinchosha.co.jp
装　幀／新潮社装幀室
印刷所／株式会社光邦
製本所／大口製本印刷株式会社

ISBN 978-4-10-351443-5 C0093